estremece mi alma. No quiero oír de tu boca este deseo por segunda vez.

Lentamente se levantó el brahmán. Siddharta continuaba callado con los brazos cruzados.

—¿Qué esperas? —preguntó el padre.

Siddharta contestó:

—Tú ya sabes.

Buscó su cama y se tendió en ella lleno de ira.

Después de una hora, el sueño no había conseguido cerrarle los ojos. Se levantó el brahmán, paseó de un lado a otro y por fin salió de la casa. A través de la pequeña ventana de la habitación miró hacia el interior y vio a Siddharta en el mismo sitio, con los brazos cruzados. Pálido, con su clara túnica reluciente. El padre regresó a su lecho con el corazón intranquilo.

Pasó una hora más sin conseguir conciliar el sueño, se levantó otra vez, paseó de un lado a otro, salió de la casa y observó que la luna había salido. A través de la ventana de la alcoba contempló el interior y allí se encontraba aún Siddharta, inmóvil, con los brazos cruzados, con la luz de la luna reflejándose en sus desnudas piernas. Con el corazón abrumado, regresó a su cama.

Y volvió después de una hora, de dos horas; miró a través de la pequeña ventana y vio a Siddharta a la luz de la luna, de las estrellas, en la oscuridad. Y lo repitió a cada hora, en silencio; miraba hacia la alcoba y veía que Siddharta no se movía. Su corazón se llenó de ira, se colmó de intranquilidad, se saturó de miedo, se hinchó de pena.

En la última hora de la noche, antes de que empezara el día, regresó, entró en el cuarto y observó al joven, que le pareció más alto, como un extraño.

—Siddharta —invocó—, ¿qué esperas?

—Tú ya sabes.

—¿Te quedarás siempre así y aguardarás hasta que se haga de día, hasta el mediodía, hasta la noche?

—Me quedaré así y esperaré.

—Te cansarás, Siddharta.

—Me cansaré.

—Te dormirás, Siddharta.

—No me dormiré.

—Te morirás, Siddharta.

—Me moriré.

—¿Y prefieres morir antes que obedecer a tu padre?

—Siddharta siempre ha obedecido a su padre.

—Así, pues, ¿deseas abandonar tu idea?

—Siddharta hará lo que su padre le diga.

La primera luz del día entró en la habitación. El brahmán vio que las rodillas de Siddharta vacilaban. Sin embargo, en el rostro de su hijo no había vacilación, sus ojos miraban hacia muy lejos. Entonces el padre se dio cuenta de que Siddharta ya no podía permanecer a su lado en su tierra. Comprendió que ya le había abandonado.

El padre tocó el hombro de Siddharta.

—Irás al bosque —dijo— y te convertirás en samana. Si encuentras la bienaventuranza en el bosque, regresa y enséñamela. Si hallas el desengaño, vuel-

ve y de nuevo sacrificaremos juntos ante los dioses.
Ahora ve, besa a tu madre y dile hacia donde vas.
Ya es mi hora de ir al río a efectuar la primera ablu-
ción.

Retiró la mano del hombro de su hijo y se retiró.
Siddharta se tambaleó al dar el primer paso. Domi-
nó sus miembros, se inclinó ante su padre y se dirigió
hacia su madre para hacer lo que se le había orde-
nado.

Con la primera luz del día, Siddharta abandonó
lentamente la silenciosa ciudad, con las piernas en-
tumecidas aún. En la última choza apareció una
sombra que se había escondido allí, y que se unió al
peregrino: era Govinda.

—Has venido —declaró Siddharta, sonriente.

—He venido —respondió Govinda.

II

CON LOS SAMANAS

Al anochecer de ese mismo día, alcanzaron a los ascetas, los enjutos samanas, y les ofrecieron su compañía y obediencia. Fueron aceptados.

Por el camino, Siddharta regaló su túnica a un pobre. Desde entonces, sólo vistió el taparrabos y la raída túnica color tierra. Comió solamente una vez al día y nunca alimentos cocinados. Ayunó durante quince días. Ayunó durante veintiocho días. La carne desapareció de sus muslos y mejillas. Sueños extraños aparecían ante sus ojos dilatados; en sus huesudos dedos crecían largas uñas, y del mentón le nacía una barba hirsuta y enmarañada. La mirada se le tornaba fría cuando una mujer cruzaba por su camino; la boca expresaba desprecio cuando atravesaba una ciudad con personas vestidas elegantemente. Vio negociar a los comerciantes y vio cazar a los príncipes; presenció el llanto de los familiares de un difunto; vio a las prostitutas ofrecerse, a los médicos preocuparse por los enfermos, a los sacerdotes determinar el día de la siembra. Observó el amor de los amantes, a las madres amamantar a sus hijos. Y todo ello

no era digno de la mirada de sus ojos. Todo mentía.
En todo había un hedor a hipocresía. La belleza, la
felicidad, sólo eran ilusiones de los sentidos. Todo
terminaría en la putrefacción final. El mundo era
amargo; la vida dolor.

Siddharta tenía un fin, una meta única: deseaba
quedarse vacío, sin sed, sin deseos, sin sueños, sin
alegría ni penas. Deseaba morirse para alejarse de
sí mismo, para no ser él, para encontrar la tranquilidad en el corazón vacío, para permanecer abierto
al milagro a través del pensamiento puro; ése era su
objetivo. Cuando su yo se encontrase vencido y muerto, cuando se callasen todos los vicios y todos los impulsos de su corazón, entonces tendría que despertar
lo último, lo más íntimo del ser, lo que ya no es el
yo, sino el gran secreto.

Siddharta permanecía en silencio bajo el calor ver-
tical del sol ardiente, lleno de dolor, de sed; y se
quedaba así hasta que ya no sentía dolor ni sed.
Permanecía en silencio bajo la lluvia. El agua corría
desde su cabello hasta sus hombros que sentían el
frío, hasta sus caderas y hasta sus piernas heladas;
y el penitente continuaba así hasta que los hombros
y las piernas ya no sentían frío, hasta que se acalla-
ban. Se mantenía sentado en silencio sobre el zarzal
hasta gotear sangre de la piel punzante y ulcerada.
Y Siddharta continuaba erguido, inmóvil, hasta que
ya no le goteaba la sangre, hasta que nada le pun-
zaba, hasta que nada le quemaba.

Siddharta estaba sentado con rigidez y aprendía a
ahorrar el aliento, a vivir con poco aire, a detener

la respiración. Aprendía a tranquilizar el latido de su corazón con el aliento, aprendía a disminuir los latidos de su corazón hasta que eran mínimos, casi nulos·

Bajo la instrucción del samana más anciano, Siddharta se instruía en la renunciación, en el arte de ensimismarse según las nuevas reglas de los samanas. Una garza voló sobre el bosque de bambú y Siddharta absorbió a la garza en su alma; voló con ella sobre el bosque y las montañas; era garza, comía peces, sufría el hambre de la garza, hablaba el idioma de la garza, sentía la muerte de la garza. Un chacal muerto se hallaba en la orilla arenosa, y Siddharta entraba en el cadáver: era chacal muerto, yacía en la playa, se hinchaba, apestaba, se descomponía; sentíase descuartizado por las hienas, decapitado por los cuervos; se tornaba en esqueleto y polvo y el vendaval se lo llevaba.

El alma de Siddharta regresó; había muerto, se había convertido en polvo..., había probado el triste curso de la vida. Ahora aguardaba con una sed nueva, como un cazador, el hueco donde podría escapar del ciclo, donde empezaría el final de las causas y el principio de la eternidad, sin dolor. Mataba sus sentidos, destrozaba su memoria, salía de su yo y entraba en mil configuraciones extrañas: era animal, carroña, piedra, madera, agua. Y cada vez se encontraba a sí mismo al despertar; brillaba el sol o la luna, de nuevo era él, se movía en el cielo, sentía sed, vencía la sed, y volvía a tener sed.

Mucho estudió Siddharta con los samanas. Aprendió muchas maneras para alejarse del yo. Anduvo por el camino de la renunciación a través del dolor, a través del sufrimiento voluntario y del vencimiento del dolor, del hambre, de la sed, del cansancio. Caminó por la renunciación a través del pensamiento, vaciando su mente de toda imaginación. Aprendió a caminar por estos y muchos otros senderos. Mil veces abandonó su yo; durante horas y días permanecía en el no ser. Pero aunque los caminos se alejaban del yo, su final conducía siempre de nuevo hacia el yo. Aunque Siddharta huyó mil veces del yo, permanecía en el vacío, en el animal, en la piedra, no podía evitar el regreso, como era imposible escapar de la hora en que vuelve uno a encontrarse bajo el brillo del sol o de la luz de la luna, en la sombra o en la lluvia. Y de nuevo era el yo y Siddharta, y sentía otra vez la tortura del oneroso ciclo vital.

A su lado vivía Govinda, su sombra; iba por los mismos caminos, se sometía a los mismos ejercicios. Pocas veces hablaban juntos de otra cosa que no fuera lo necesario para el servicio y los ejercicios. A veces los dos paseaban por los pueblos para pedir alimentos para ellos y sus profesores.

—¿Qué piensas, Govinda? —preguntó Siddharta durante una de estas salidas. ¿Crees que hemos adelantado? ¿Hemos logrado algún fin?

Govinda contestó:

—Hemos aprendido y seguiremos aprendiendo. Tú serás un gran samana, Siddharta. Has aprendido rápidamente todos los ejercicios, y a menudo has dejado admirados a los viejos samanas. Algún día serás un santo, Siddharta.

Y Siddharta replicó:

—No soy de la misma opinión, amigo. Lo que hasta ahora he aprendido de los samanas, Govinda, lo hubiera aprendido con mayor sencillez en otro lugar. Se puede aprender en cualquier taberna de un barrio de prostitutas, amigo mío, entre arrieros y jugadores.

Govinda exclamó:

—Siddharta, ¿quieres burlarte de mí? ¿Cómo hubieras podido aprender el arte de abstraerte, de contener la respiración, de insensibilizarte contra el hambre y el dolor allí, entre aquellos miserables?

Y Siddharta dijo en voz baja, como si hablara consigo mismo:

—¿Qué significa el arte de ensimismarse? ¿Qué es el abandono del cuerpo? ¿Que representa el ayuno? ¿Qué se pretende al detener la respiración? Se trata sólo de huir del yo. Es un breve escaparse del dolor del ser, una breve narcosis contra el dolor y lo absurdo de la vida. La misma huida, la misma breve narcosis encuentra el arriero en la posada cuando bebe algunas copas de aguardiente de arroz o de leche de coco fermentada. Entonces ya no siente su yo, ya no experimenta los dolores de la vida; en aquel momento ha encontrado una breve narcosis. Dormido sobre su copa de aguardiente de arroz alcanza lo mismo que Siddharta y Govinda después de largos ejercicios; escapar de su cuerpo y permanecer en el no ser. Así sucede, Govinda.

Govinda repuso:

—A pesar de tus palabras, amigo, sabes muy bien que Siddharta no es ningún arriero y que un samana no es un borracho. Verdad es que el borracho encuentra su narcosis, alcanza una breve huida y un descanso, pero regresa de la vana ilusión y se halla igual; no se ha hecho más sabio, no ha ganado conocimientos, no ha subido ningún peldaño.

Siddharta declaró sonriente:

—No lo sé, nunca he estado borracho. Pero sí sé que yo, Siddharta, en mis ejercicios y en el arte de ensimismarme sólo encuentro una breve narcosis, y me halló tan alejado de la sabiduría y de la redención como cuando de niño, 'en el vientre de mi madre. Govinda, esto puedo afirmarlo.

En otra ocasión en que ambos salieron para pedir en el pueblo alimentos para sus hermanos y profesores, empezó a hablar de nuevo.

Govinda dijo:

—¿Cómo podemos saber si vamos por el buen camino? ¿Nos acercamos a la ciencia? ¿Aceleramos nuestra redención? O, ¿acaso andamos en círculo, nosotros, los que pretendemos evadirnos del ciclo?

Govinda alegó:

—Aunque mucho hemos aprendido, aún nos queda más por aprender. No damos vueltas, vamos hacia arriba; las vueltas son en espiral y ya hemos subido muchos peldaños.

Siddharta preguntó:

—¿Cuántos años crees que tiene el más anciano de los samanas, nuestro venerable profesor?

Dijo Govinda:

—Quizá tenga unos sesenta.

Y Siddharta:

—Tiene sesenta años y no ha llegado al nirvana. Tendrá setenta y ochenta años, como tú y yo los tendremos, y seguiremos con los ejercicios y ayunaremos y meditaremos. Pero nunca llegaremos al nirvana. Ni él, ni nosotros. Govinda, creo que seguramente ni uno de todos los samanas llegará al nirvana. Ni uno. Encontramos consuelo, alcanzamos la narcosis, aprendemos artes para engañarnos. Pero lo esencial, el camino de los caminos, éste no lo hallaremos.

Replicó Govinda:

—Desearía que no pronunciaras palabras tan horribles, Siddharta. ¿Por qué, de entre tantos, ninguno ha de encontrar el camino de los caminos? ¿Ninguno entre tantos sabios, tantos brahmanes, tántos rígidos samanas venerables, tantos hombres que buscan, tantos dedicados a profundizar, tantos hombres sagrados?

Sin embargo, Siddharta contestó en voz baja, en tono triste e irónico a la vez:

—Govinda, tu amigo abandonará pronto la senda de los samanas, por la que tanto tiempo ha caminado contigo. Sufrí sed, Govinda, y durante este largo trayecto con los samanas mi sed no ha disminuido. Siempre me hallé sediento de ciencia y lleno de preguntas... He interrogado a los brahmanes año tras año, he indagado entre los sagrados Vedas año tras año. Quizá, Govinda, si hubiera preguntado al cálao o al chimpancé me habrían instruido también, tan útilmente, con tanta inteligencia. Govinda, ¡he necesitado tiempo para aprender, y aún no he conseguido entender que no se puede aprender nada. Creo que realmente no existe eso que nosotros llamamos "aprender". Sólo existe, amigo mío, un saber que está en todas partes, es decir, el ATMAN. Este se halla en mí y en ti, y en cada ser. Y empiezo a creer que este saber no tiene peor enemigo que el querer saber, que el desear aprender.

Entonces, Govinda se detuvo en el camino, levantó las manos y exclamó:

—¡Siddharta, desearía que no intranquilizaras a tu amigo con semejantes palabras! Tus teorías despiertan verdadero temor en mi corazón. Y piensa únicamente: ¿qué sería de la santidad, de las oraciones, de la venerable clase de los brahmanes de la religiosidad, de los samanas, si sucediera como tú dices, si no existiese el aprender? ¿Que sería, Siddharta, de todo lo que es sagrado, valioso y venerable en este mundo?

Y Govinda murmuró unos versos del Upanishanda:

Los espíritus puros y cavilosos
que se sumergen en el ATMAN
encuentran dicha y bienaventuranza
inmarcesibles.

Pero Siddharta permanecía callado. Pensaba en las palabras que Govinda le había dicho, y las meditó en lo más recóndito de su significado.

Sí, pensó Siddharta con la cabeza inclinada. ¿Qué quedaría de todo lo que parece sagrado? ¿Qué quedaría? ¿Qué es lo que permanece? Y sacudió la cabeza.

Una vez, cuando los jóvenes hacía ya aproximadamente tres años que vivían con los samanas y habían participado en todos sus ejercicios, les llegó de lejos una noticia, un rumor, una leyenda: había surgido un hombre, llamado Gotama, el majestuoso, el Buda, que en su persona había superado el dolor del mundo y había detenido la rueda de las reencarnaciones. Enseñando, rodeado de discípulos, recorría el país sin propiedades, sin casa, sin mujer, tan sólo con el manto amarillo del asceta, pero con la frente alegre, como un bienaventurado, y los brahmanes y los príncipes se inclinaban ante él y se convertían en sus discípulos.

Esta leyenda, este rumor, este cuento sonó en el aire, se esparció, aquí y allá. Los brahmanes hablaban de ello en las ciudades, los samanas en el bosque; siempre se repetía el nombre de Gotama, el Buda, a los oídos de los jóvenes, para bien y para mal, en alabanzas e improperios.

Como cuando una nación sufre la peste y se corre la voz de que hay un hombre, un sabio, un experto cuya palabra y aliento es suficiente para curar a todos los enfermos, y esta noticia recorre el país y todos hablan de ella, unos la creen, otros dudan, pero muchos se ponen rápidamente en camino para buscar al sabio, al salvador, así también, con aquel rumor de Gotama, el Buda, el sabio de la tribu de los Sakias. Los creyentes decían que Gotama poseía la máxima ciencia, se acordaba de sus vidas pasadas, había alcanzado el NIRVANA y jamás volvería al ciclo, jamás se hundiría de nuevo en la turbia corriente de las configuraciones. Se decían de él muchas cosas maravillosas e increíbles, había hecho milagros, había superado al demonio, había hablado con los dioses.

Pero sus enemigos y los incrédulos afirmaban que este Gotama era un vano seductor, que pasaba sus días holgadamente, despreciaba los sacrificios, no era sabio y desconocía los ejercicios de la mortificación.

La leyenda del Buda era dulce, los informes llevaban el perfume del encanto. Ciertamente el mundo se hallaba enfermo y la vida era difícil de soportar. Y no obstante, pongan atención: una fuente parece sonar como un suave mensaje, lleno de consuelo y de nobles promesas a todas partes donde llegaba la voz del Buda. En todas las regiones de la India, los jóvenes escuchaban con interés, sentían anhelo, esperanza; cualquier peregrino o forastero recibía excelente acogida entre los hijos de los brahmanes de las ciudades, si traía noticias de Gotama, el ilustre, el Sakiamuni.

La leyenda también había llegado hasta los samanas del bosque, hasta Siddharta y Govinda. Lentamente, goteando. Cada gota iba cargada de esperanza, de duda. Hablaban poco de ese asunto, ya que el más anciano de los samanas no era amigo de la leyenda.

Había oído que aquel presunto Buda había sido antes
un asceta y había vivido en el bosque, pero que des·
pués había vuelto a la vida holgada y a los placeres
mundanos, y su opinión sobre este Gotama era nega-
tiva.

—Siddharta —dijo un día Govinda a su amigo—,
hoy he estado en el pueblo y un brahmán me invitó
a entrar a su casa, y en ella estaba el hijo de un
brahmán de Magada que había visto al Buda con sus
propios ojos y le había oído predicar. Mi corazón
estaba anhelante y pensé: Yo también, nosotros dos,
Siddharta y yo, podemos vivir la hora en que escuchemos la doctrina de los labios de aquel perfecto.
Dime, amigo, ¿no deberíamos ir nosotros también
hacia allá para escuchar las enseñanzas de los mismos labios del Buda?

Siddharta contestó:

—Govinda, siempre pensé que tú te quedarías con
los samanas; siempre había imaginado que tu meta
era tener sesenta o setenta años y seguir con las artes
y los ejercicios que ennoblecen a un samana. Pero he
aquí que no conocía bien a Govinda, conocía muy poco su corazón. Así, pues, querido amigo, ahora quieres tomar un sendero nuevo y marchar hacia donde
el Buda predica su doctrina.

Govinda alegó:

—¡Te gusta burlarte! ¡Pues búrlate como siempre,
Siddharta! ¿Acaso no se ha despertado también en
tu interior un deseo, una afición por escuchar seme-
jante doctrina? ¿Y no dijiste una vez que ya no pen-

sabas andar mucho tiempo por el camino de los samanas?

Entonces Siddharta rió de la ocurrencia. Luego en su voz apareció una sombra de tristeza y de ironía, y declaró:

—Bien, Govinda, has hablado con mucha propiedad, te has acordado con suma agudeza. Sin embargo, desearía que también recordaras el resto de lo que oíste de mí; o sea, que desconfío de todo porque estoy cansado de las doctrinas y de aprender, y que es muy pequeña mi fe en las palabras que nos llegan de profesores. Pero adelante, querido amigo, estoy dispuesto a escuchar aquellas enseñanzas, aunque dentro de mi corazón creo que ya hemos probado el mejor fruto de esa doctrina.

Govinda replicó:

—Tu decisión alegra mi alma. Pero dime, ¿cómo es posible, cómo pudo darnos su mejor fruto la doctrina de Gotama, aún antes de haberla escuchado?

Siddharta afirmó:

—Gocemos de ese fruta y esperemos la continuación, Govinda. Este primer fruto será el habernos alejado de los samanas. Si además nos puede dar otra cosa mejor, amigo, esperemos con el corazón tranquilo.

Ese mismo día, Siddharta hizo saber al más anciano samana su decisión de abandonarles. Se lo reveló con la cortesía y la modestia que corresponden a un joven discípulo. No obstante, el samana se enfureció porque los dos jóvenes le querían abandonar, y empezó a vociferar y maldecir.

Govinda se atemorizó y se desconcertó. Pero Siddharta acercó su boca a la oreja de Govinda y musitó en voz baja:

—Ahora le demostraré al viejo que algo he aprendido de sus enseñanzas.

Se colocó ante el samana y concentró su alma; captó la mirada del anciano con sus ojos, lo paralizó, lo hizo callar, lo dejó sin voluntad, lo sometió a su razón y le ordenó ejecutar en silencio lo que le exigía. El anciano enmudeció, sus ojos se quedaron fijos, su voluntad paralizada, sus brazos relajados e impotentes junto a su cuerpo: había sido vencido por el hechizo de Siddharta.

Los pensamientos de Siddharta se apoderaron del samana y éste tuvo que hacer lo que éstos le mandaban. Y así, el anciano se inclinó varias veces, hizo gestos de bendición y pronunció vacilante un piadoso deseo para el viaje. Y los jóvenes replicaron agradeciendo las reverencias: devolvieron el deseo y, tras saludar, se marcharon.

Por el camino comentó Govinda:

—Siddharta, has aprendido de los samanas más de lo que yo creía. Es difícil, muy difícil, hechizar a un viejo samana. Seguro que si te quedas allí pronto habrías aprendido a andar sobre el agua.

—No deseo andar sobre el agua —contestó Siddharta—. ¡Que los viejos samanas se contente con semejantes artimañas!

III

GOTAMA

EN LA CIUDAD de Savathi, todos los niños conocían el
nombre del majestuoso Buda, y cada casa estaba pre-
parada para llenar el plato de limosnas de los discípulos de Gotama, que pedían en silencio. Cerca de
la ciudad se encontraba el lugar preferido de Gotama, el bosque Jetavana, que había sido regalado
para Gotama y los suyos por el rico comerciante
Anathapindika, un devoto admirador del majestuoso.

Hacia aquella región se habían encaminado, guia-
dos por los relatos y respuestas que recibieron, los
dos jóvenes ascetas en su búsqueda del Gotama. Y
cuando llegaron a Savathi, ya en la primera casa,
ante cuya puerta mendigaron silenciosamente, se les
ofreció comida y ellos la aceptaron. Siddharta preguntó a la mujer que les había dado de comer:

—Buena mujer, nos gustaría mucho que nos di-
jeras dónde se halla el Buda, el más venerable, pues
somos dos samanas del bosque y hemos venido para
ver al perfecto y escuchar la doctrina de sus labios.

La mujer contestó:

—Realmente os habéis detenido aquí, en el lugar preciso, samanas del bosque. Debéis saber que el majestuoso, el ilustre, se encuentra en Jatavana, en el jardín de Anathapindika. Allí, peregrinos, podréis pasar la noche, pues hay suficiente espacio para los incontables que llegan a escuchar la doctrina de sus labios.

Esto alegró a Govinda, quien, lleno de gozo, exclamó:

—¡Bien, pues hemos llegado a nuestra meta, y nuestro camino ha terminado! Pero dinos tú, madre de peregrinos, ¿conoces al Buda, le has visto con tus propios ojos?

La mujer repuso:

—Muchas veces lo he visto. Muchas veces lo he observado cuando pasa por las callejuelas, en silencio, con su manto amarillo, cuando presenta en silencio su plato de limosnas en la puerta de las casas y cuando se lleva el plato lleno.

Govinda escuchaba embelesado y quería preguntar y oír mucho más. Pero Siddharta decidió seguir el camino. Dieron las gracias y se fueron. Ni siquiera tuvieron que preguntar por el lugar, pues eran muchos los peregrinos y monjes de la doctrina de Gotama que hacían el camino de Jetavana. Y cuando de noche arribaron allí, observaron que había un continuo llegar, exclamar y hablar entre aquellos que buscaban y recibían albergue. Los dos samanas, acostumbrados a la vida del bosque, encontraron rápidamente y en silencio un amparo y allí descansaron hasta la mañana siguiente.

Al salir el sol, vieron con asombro el gran número de fieles y curiosos que habían pasado la noche allí. Por todos los senderos del maravilloso bosque caminaban monjes con su vestidura amarilla; estaban sentados debajo de los árboles, entregados a la contemplación o conversando animadamente. Los umbrosos jardines parecían una ciudad llena de personas, que pululaban como abejas. La mayoría de los monjes salían con el plato de limosnas a buscar en la ciudad alimento para la hora de la comida del mediodía, la única de la jornada. También el mismo Buda, el inspirado, solía pedir limosna por la mañana.

—¡Mira allí! —señaló Siddharta en voz baja a Govinda—. Ese es el Buda.

Govinda miró con atención al monje de túnica amarilla que en nada se diferenciaba de los otros centenares de monjes. No obstante, lo reconoció también Govinda: Este es. Y lo siguieron y lo observaron.

El Buda continuó su camino modestamente, entregado a sus pensamientos; su rostro sereno no era alegre ni triste. Parecía sonreír levemente en su interior. Caminaba el Buda con una sonrisa enigmática, sosegada, tranquila, parecida a la de un niño sano; llevaba el hábito y caminaba igual que todos los demás monjes. Pero su cara y su manera de andar, su mirada tranquila y modesta, su mano suave y quieta y aun cada dedo de esa mano, hablaban de paz, de perfección; no buscaba, no imitaba; respiraba suavemente, reflejando una tranquilidad imperturbable, con una luz imperecedera, una paz intangible.

Así caminaba Gotama hacia la ciudad para pedir limosnas, y los dos samanas sólo lo conocieron por la perfección de su alma, por la paz de su porte, en el que no había búsqueda, ni voluntad, ni imitación, ni esfuerzo; sólo luz y paz.

—Hoy escucharemos la doctrina de sus labios —comentó Govinda.

Siddharta no contestó.

Sentía poca curiosidad por esa doctrina, no creyó que llegara a enseñarle nada nuevo, ya que él, al igual que Govinda, había escuchado una y otra vez el contenido de esa doctrina del Buda, aunque por informes que habían pasado de boca en boca.

Pero ahora miró con atención la cabeza de Gotama, sus hombros, sus pies, su mano tranquilamente relajada; y a Siddharta le pareció que cualquier miembro, que cualquier dedo de esa mano era doctrina, irradiaba, respiraba, hablaba verdad. Ese hombre era un santo. Jamás Siddharta había admirado y amado tanto a un hombre como a aquél.

Los dos siguieron al Buda hasta la ciudad y volvieron en silencio, pues ellos mismos pensaban renunciar a los alimentos de aquel día. Contemplaron a Gotama de regreso; lo observaron rodeado de sus discípulos, tomando el almuerzo; lo que comía ni siquiera bastaba para un pájaro, y vieron cómo se retiraba luego a la sombra de los mangos.

Pero por la noche, cuando se apagó el calor, el campamento se llenó de vida, escucharon la doctrina del Buda. Oyeron su voz, que también era perfecta, tranquila y llena de sosiego. Gotama habló sobre el sufrimiento, habló del origen del dolor, y acerca del camino para reducir ese dolor. Su oración era sencilla y serena. La vida era dolor, el mundo estaba lleno de sufrimiento, pero se había hallado la liberación del dolor: tal liberación estaba en manos del que seguía el camino del Buda.

El ilustre predicaba con voz suave, pero firme, enseñaba las cuatro frases principales, mostraba el octavo sendero, repetía con paciencia y constancia la enseñanza, los ejemplos; su voz flotaba clara y sosegada sobre los oyentes, como una luz, como un cielo de estrellas.

Ya era de noche cuando el Buda terminó su oración. Muchos peregrinos se le acercaron y rogaron que se les aceptara en la comunidad. Y Gotama los aceptó diciendo:

—Se os ha enseñado la doctrina y vosotros la habéis escuchado con atención. Acercaos, pues, y caminad hacia la santidad, para preparar el fin de todos los dolores.

También se adelantó Govinda, el tímido, y declaró:

—Yo también me uno al ilustre y juro obediencia a su doctrina.

Y así Govinda pidió ser aceptado entre los discípulos, y fue admitido.

Inmediatamente después, cuando el Buda ya se había retirado para descansar durante la noche, Govinda se dirigió a Siddharta y manifestó con solicitud:

Siddharta despertó como de un sueño, al escuda. Los dos hemos escuchado al ilustre, los dos nos hemos enterado de su doctrina. Govinda ha oído las enseñanzas y las ha aceptado. Pero tú, a quien admiro, ¿acaso no quieres caminar por el sendero de la liberación? ¿Prefieres vacilar? ¿Deseas esperar aún?

Siddharta despertó como de un sueño, al escuchar semejantes palabras de Govinda. Durante largo tiempo observó el rostro del amigo. Luego habló en voz baja, sin ironía.

—Govinda, mi amigo —dijo—, ahora has dado el paso, ahora has elegido tu camino. Siempre, Govinda, has sido mi amigo, siempre has andado un paso tras de mí. A menudo me he preguntado: ¿no dará Govinda nunca un paso solo, sin mí, por su propia iniciativa? Y ahora te has hecho hombre y eliges tú mismo el camino. ¡Que lo recorras hasta el fin, amigo! ¡Que encuentres la liberación!

Govinda, que aún no comprendía bien la situación, repitió su pregunta con tono impaciente:

—¡Por favor, habla! ¡Te lo ruego, amigo! ¡Dime que no me engaño, que tú también, mi sabio amigo, seguirás al ilustre Buda!

Siddharta colocó una mano sobre el hombro de Govinda y repuso:

—¿No has escuchado mi bendición, Govinda? Te la repito: ¡Que recorras ese sendero hasta el fin! ¡Que encuentres la liberación!

En ese momento, Govinda se percató de que su amigo le abandonaba, y empezó a llorar.

—¡Siddharta!— exclamó entre sollozos.

Siddharta se expresó con cariño:

—¡No olvides, Govinda, que ahora perteneces a los samanas del Buda! Has renunciado a tu casa y a tus padres; has negado tu origen y tu propiedad, has repudiado tu propia voluntad, has rechazado la amistad. Así lo quiere la doctrina, así lo desea el ilustre. Así has elegido tú mismo. Mañana, Govinda, me marcharé.

Todavía caminaron durante mucho tiempo los dos amigos por el bosque; se tendieron por largo tiempo sin encontrar el sueño; Govinda no dejaba de insistir una y otra vez a su amigo para que le dijera por qué no seguía la doctrina de Gotama, que le dijera qué falla encontraba en ella. Pero Siddharta cada vez le rechazaba alegando:

—¡Quédate contento, Govinda! Muy buena es la doctrina del ilustre, ¿cómo podría encontrarle una objeción?

De madrugada, un seguidor del Buda, uno de sus más antiguos monjes, pasó por el jardín y llamó a todos aquellos que habían aceptado la doctrina, como novicios para ponerles las túnicas amarillas e instruirlos en las primeras enseñanzas y obligaciones de su clase. Y Govinda se levantó, abrazó una vez más al amigo de su juventud y siguió a los restantes novicios.

Siddharta, sin embargo, se quedó meditando en el bosque.

Entonces se cruzó en su camino Gotama, el ilustre; lo saludó con profundo respeto y al ver la mirada del Buda tan llena de paz y bondad, el joven tuvo valor para solicitar al venerable que le permitiera hablarle. En silencio, el ilustre le concedió el permiso:

Siddharta balbuceó:

—Ayer, majestuoso, tuve el honor de escuchar tu singular doctrina. Vine desde muy lejos con mi amigo para escucharte. Y ahora mi amigo se quedará con los tuyos, te ha jurado lealtad. Yo, sin embargo, empiezo de nuevo mi peregrinación.

—Como tú prefieras —dijo el venerable con cortesía.

—Quizá mis palabras resulten demasiado atrevidas —continuó Siddharta—, pero no quisiera abandonar al majestuoso sin haberle comunicado mis pensamientos con sinceridad. ¿Quiere aún prestarme el venerable un momento de atención?

En silencio, el Buda se lo concedió.

Siddharta explicó:

—Venerable, he admirado sobre todo una cosa en tu doctrina. Todo en ella está perfectamente claro y comprobado, muestras el mundo como una cadena perfecta que nunca se interrumpe, como una eterna cadena hecha de causas y efectos. Jamás se había visto eso con tanta claridad, nunca había sido demostrado tan indiscutiblemente; en verdad, el corazón del brahmán palpita con más fuerza cuando ve el mundo a través de tu doctrina, como perfecta relación, ininterrumpida, lúcida como un cristal, independiente de la casualidad y de los dioses. Quedaba la incertidumbre de saber si el mundo es bueno o malo, si la vida en sí es sufrimiento o alegría; quizá sea porque ello no es esencial. Pero la unidad del mundo, la relación entre todo lo que sucede, el enlace de todo lo grande y lo pequeño por la misma corriente, por la misma ley de las causas del nacer y morir, todo eso brilla con luz propia en tu majestuosa doctrina. No obstante, según tu propia teoría, esa unidad y consecuencia lógica de todas las cosas, a pesar de todo se encuentra cortada en un punto, en un pequeño resquicio por donde entra en este mundo de la unidad algo extraño, algo nuevo, algo que antes no existía, y que no puede ser enseñado ni demostrado: ésa es tu doctrina de la superación del mundo, de la salvación. Pero con este pequeño resquicio, con esa pequeña fisura, la eterna ley uniforme del mundo queda destruida y anulada otra vez. Perdóname, si pongo tal objeción.

Gotama le había escuchado con tranquilidad, sin moverse. Con voz bondadosa, cortés y clara le contestó ahora:

—Tú has escuchado la doctrina, hijo de brahmán.

¡Dichoso tú por haber pensado tanto en ella! Has encontrado una falla. Sigue pensando en la doctrina. Pero deja que te avise, tú que tienes tanta avidez de saber a pesar de la diversidad de opiniones y la contradicción de las palabras. No importan las opiniones, sean buenas o malas, inteligentes o insensatas; cualquiera puede defenderlas o rechazarlas. Pero la doctrina que has oído de mis labios no es mi opinión, ni su objetivo es explicar el mundo para los que tienen afán de saber. Su fin es otro: es la redención de los sufrimientos. Eso es lo que enseña Gotama y nada más.

—No me guardes rencor, majestuoso —exclamó el joven—. No te hablé así para discutir sobre palabras. Desde luego, tienes razón, y poco importan las opiniones. Pero déjame decir una cosa más: ni un momento he dudado de ti. Ni un momento he dudado de que tú fueras el Buda, de que hubieras llegado a la meta, al máximo, hacia el que tantos brahmanes e hijos de brahmanes se hallan en camino. Has encontrado la redención de la muerte. La has hallado con tu misma búsqueda, con tu propio camino, a través de pensamientos, meditaciones, ciencia, reflexión, inspiración. ¡Pero no la has encontrado a través de una doctrina! Yo pienso, majestuoso, que nadie encuentra la redención a través de la doctrina. ¡A nadie, venerable, le podrás comunicar con palabras y a través de la doctrina lo que te ha sucedido a ti en el momento de tu iluminación! Mucho es lo que contiene la doctrina del inspirado Buda, a muchos les enseña a vivir honradamente, a evitar el mal. Pero esta doctrina tan clara y tan venerable no contiene un elemento: el secreto de lo que el majestuoso mismo ha vivido, él solo, entre centenares de miles de personas. Esto es lo que he pensado y comprendido cuando escuchaba tu doctrina. Y por ello continúo mi peregrinación. No para buscar una doctrina mejor, pues sé que no la hay, sino para dejar todas las doctrinas y todos los profesores, y para llegar solo a mi meta o morir. Sin embargo, a menudo me acordaré de este día, venerable, y de esta hora en la que mis ojos vieron a un santo.

El Buda bajó los ojos; en su rostro impenetrable resplandecía la tranquilidad del alma.

—¡Que tus creencias no sean erróneas! —invocó el venerable lentamente—. ¡Que alcances tu fin! Pero antes, dime: ¿has visto el conjunto de mis samanas, de mis muchos hermanos, que han aceptado la doctrina? ¿Y crees tú, samana forastero, que para todos ellos sería mejor abandonar la doctrina y volver a la vida del mundo y de los placeres?

—Lejos estoy de abrigar tal pensamiento —alegó Siddharta—. ¡Que todos ellos se queden con la doctrina, que alcancen su meta! No tengo derecho a juzgar la vida de otro. Tan sólo para mí, únicamente para mí he de juzgar, elegir, rechazar. Nosotros los samanas buscamos la redención del yo, majestuoso. Si ahora fuera uno de tus discípulos, venerable,

temo que me ocurriera que sólo aparentemente mi
yo consiguiera la tranquilidad y la redención. Pero
me engañaría: dentro de mí seguiría floreciendo el
yo, transformado en tu doctrina y en mi adhesión
y amor a ti y a la comunidad de los monjes.

Con media sonrisa y con una amabilidad clara e
inalterable, Gotama fijó sus ojos en la mirada del
forastero y le despidió con un gesto apenas percep-
tible.

—Eres inteligente, samana —declaró el venerable—, sabes hablar muy bien, amigo. ¡Guárdate de
una inteligencia demasiado grande!

El Buda continuó su camino. Su mirada y su media sonrisa se grabaron para siempre en la memoria de Siddharta.

"Así todavía no he visto mirar ni sonreír, sen-
tarse o caminar a ninguna persona —pensó Siddharta—; de verdad, que también me gustaría poder mirar y sonreír, sentarme y caminar tan libremente, con tanta veneración, tan escondido, abierto,
infantil y misterioso a la vez. Es verdad que sólo
mira y camina así una persona que ha conquistado
su yo. Bien, también yo intentaré alcanzar tal perfección."

—He visto a una persona —meditó Siddharta—,
a una sola ante la cual he tenido que bajar la mirada. Ante nadie más quiero bajar mis ojos, ante
nadie más. Ninguna doctrina me tentará, ya que la
doctrina de este hombre no me ha tentado.

"El Buda me ha robado —reflexionó Siddharta—. Me ha robado, pero más aún me ha regalado. Me ha robado un amigo que creía en mí y que ahora cree en él, que era mi sombra y que ahora es la sombra de Gotama. Pero me ha regalado a Siddharta, a mí mismo."

IV

DESPERTAR

Cuando Siddharta abandonó el bosque en el que dejó al Buda, el perfecto, y también a Govinda, sintió que allí se quedaba su vida pasada. Caminando despacio, pensó en este sentimiento que lo llenaba por completo. Razonó hondamente, hasta anonadarse, llegando hasta allí donde se encuentran las causas. Creía que comprender las causas era precisamente pensar, y que sólo a través de la razón, los sentimientos pueden convertirse en comprensión, es decir, que no se pierden, sino que se transforman en realidad y empiezan a madurarse.

Siddharta reflexionó mientras caminaba lentamente. Se dio cuenta de que ya no era un joven, sino que se había convertido en hombre. Sentía que algo le había abandonado, como la vieja piel desampara a la serpiente; comprendió que algo ya no existía en él, algo que siempre le había acompañado y que había sido parte de su ser durante toda su juventud: el deseo de tener profesores y de recibir enseñanzas. Incluso había abandonado al Buda, el último profesor que se cruzara en su camino.

También a él, al más grande y más sabio de los profesores, al más sagrado, había debido abandonar. No había podido aceptar su doctrina.

Pensativo, Siddharta caminó aún más lentamente, mientras se preguntaba a sí mismo:

"¿Qué has querido aprender de las doctrinas y de los profesores? ¿Qué es lo que ellos no han podido enseñarte, a pesar de lo mucho que te han ilustrado?"

Y se contestó:

"Era el yo, cuyo sentido y carácter quería comprender. Era el yo, del cual me quería liberar, al que quería superar. Pero no lo conseguí, tan sólo podía engañarlo, únicamente podía huir de él, esconderme. ¡Ciertamente, ninguna cosa del mundo me ha obsesionado tanto como este mi yo, este enigma de vivir: que soy un individuo separado y aislado de todos los demás, que soy Siddharta! ¡Y de ninguna otra cosa del mundo sé tan poco como de mí, de Siddharta!"

El pensador, que caminaba lentamente, se detuvo dominado por estas ideas; de pronto, saltó de este pensamiento a otro, uno nuevo que decía:

"Únicamente hay una causa, una sola causa que explique por qué no sé nada de mí, que Siddharta me sea tan extraño y desconocido: ¡Yo tenía miedo de mí mismo, huía de mí mismo! Buscaba el ATMAN, a Brahma; estaba dispuesto a destruirme para encontrar la esencia, la incógnita, el núcleo de todo, el ATMAN, la vida, lo divino, lo último. Al hacerlo, me perdí a mí mismo.

Siddharta abrió los ojos y miró a su alrededor; una sonrisa iluminó su rostro y recorrió todo su cuerpo; hasta la yema de los dedos: era el profundo sentimiento del despertar, después de largos sueños. De repente se encontró andando otra vez, con paso rápido, como el de un hombre que sabe lo que tiene que hacer.

"Sí —pensó al respirar profundamente—, ¡ahora ya no trataré de huir de Siddharta! Ya no quiero dedicar mis reflexiones y mi vida al ATMAN y a las penas del mundo. Ya no deseo matarme ni despedazarme para hallar un misterio detrás de las ruinas. Ya no estudiaré el yaga-veda, ni el atharva-veda, ni los ascetas, ni cualquier otra doctrina. Quiero aprender de mí mismo, deseo ser mi discípulo, conocerme, interiorizarme en el misterio de Siddharta."

Miró a su alrededor, como si viese al mundo por primera vez. ¡Era hermoso el mundo, y de diversos colores! El mundo se le presentaba curioso y enigmático. Aquí azul, allí amarillo, allá verde, el cielo y el río corrían, el bosque y el monte mezclaban su belleza misteriosa y mágica, y allí en medio, Siddharta, que se despertaba, que se ponía en camino hacia sí mismo. A través de los ojos de Siddharta entró por primera vez todo eso, el amarillo y el azul, el río y el bosque. Ya no era la magia de Mara, ni el velo de Maya, ya no era la multiplicidad inútil y casual del mundo visible y despreciable para el brahmán profundo, que desprecia lo múltiple y busca la unidad. Azul era azul, río era río, aunque dentro del azul y del río y de Siddharta vivía escondido lo único y lo divino; precisamente, la característica principal de lo divino era el ser aquí amarillo, allí azul, allá cielo, acullá bosque y aquí Siddharta. El sentido y la realidad no se encontraban detrás de las cosas, estaban dentro de ellas, dentro de todo.

"¡Qué sordo y torpe he sido! —meditó a paso ligero—. Si alguien lee un escrito para buscarle sentido, no desprecia los signos ni las letras, ni los llama engaño, casualidad o cáscara inútil; al contrario, los lee, los estudia, los ama letra por letra. Sin embargo, yo quería leer el libro del mundo y el de mi propia naturaleza despreciando los signos y las letras en favor de un sentido imaginado de antemano, preconcebido; llamaba al mundo visible un engaño, consideraba mi ojo y mi lengua como apariencias casuales y sin valor. No; esto ya ha terminado: ahora me he despertado realmente y hoy, por fin, he nacido."

Mientras Siddharta reflexionaba así, se detuvo nuevamente, en seco, como si se le hubiera cruzado una serpiente en el camino.

Y es que repentinamente comprendió también lo siguiente: él, en verdad, era como una persona que se despierta o como un recién nacido, tenía que comenzar de nuevo su vida desde un principio. Aquella misma mañana, al abandonar el bosque de Jatavena, el de aquel majestuoso, y empezar a desper-

tarse, a caminar hacia sí mismo, le había parecido
natural su intención de regresar a su tierra y a la
casa paterna, después de los años de ascetismo.
Pero ahora, en este momento, cuando se detuvo como si se le hubiera cruzado una serpiente en el camino, también se despertaron sus sospechas.

"Ya no soy el que fui —se dijo—, ya no soy
asceta, ni sacerdote, ni brahmán. ¿Qué haría en casa de mi padre? ¿Estudiar? ¿Sacrificar? ¿Meditar? Todo ello ya es pasado, ha terminado para mí."

Siddharta estaba inmóvil y por un momento sintió que el corazón se le helaba, al darse cuenta de
la soledad en que se hallaba. Sintió en su pecho
un escalofrío, como si se tratara de un animal pequeño, un pájaro o una liebre. Durante años no había tenido casa, y no la había necesitado. Ahora sí.
Siempre antes, aun cuando se encontraba en la más
profunda de las meditaciones, fue siempre el hijo
de su padre, un brahmán de elevada casta, un sacerdote. Ahora únicamente era Siddharta, el que
se había despertado: eso y nada más. Respiró profundamente y por un momento se estremeció. Nadie estaba tan solo como él. No era un noble que
perteneciese a la nobleza, ni un artesano que for-
mara parte de un gremio para encontrar refugio entre ellos y participar en su vida y hablar su idioma.
Todos los brahmanes vivían entre brahmanes; el
asceta pertenecía a la casta de los samanas, y hasta
el ermitaño escondido en lo más recóndito del bosque, pertenecía a una casta determinada. Govinda

se había convertido en monje y mil monjes eran sus hermanos, llevaban su mismo vestido, tenían su misma fe, hablaban su idioma. ¿Pero él, Siddharta, cuál era su lugar? ¿La vida de quién compartiría? ¿Qué idioma hablaría?

A partir de ese momento resurgió un Siddharta con un yo más definido, más fuerte. Precisamente en el instante en que el mundo se fundía a su alrededor, cuando se encontró solo como una estrella en el firmamento, al experimentar frío y desaliento. Siddharta comprendió que había sido el último estremecimiento del despertar, el último dolor de su propio alumbramiento. Y de pronto volvió a caminar con pasos rápidos, con impaciencias: ya no se dirigía a su casa, ni iba hacia su padre, ni marchaba hacia atrás.

SEGUNDA PARTE

V

KAMALA

A CADA PASO del camino aprendía Siddharta cosas nuevas, pues el mundo se encontraba cambiado y su corazón se solazaba. Veía salir el sol por encima de los montes verdes y lo veía ponerse sobre la lejana playa de palmeras. Por las noches contemplaba las estrellas, ordenadas en el cielo, y la luna creciente flotando en el azul, como una barca. Observaba los árboles, los astros, los animales, las nubes, el rocío que brillaba al amanecer sobre las plantas, las lejanas y altas montañas, azules y suaves; los pájaros y las abejas que zumbaban, el viento que soplaba a través de los campos de arroz. Todo ello siempre había existido de mil maneras diferentes y en multitud de colores. Siempre habían brillado el sol y la luna; siempre los ríos habían murmurado y las abejas habían zumbado.

Sin embargo, en otros tiempos, todo ello no había sido más que un velo pasajero y engañoso para el ojo de Siddharta que observaba con desconfian-

za. Había creído que todo debía ser ignorado por
la mente por ser una ilusión fuera de la realidad,
ya que ésta se encontraba más allá de lo visible.
Pero ahora su ojo libre se detenía, observaba y
comprendía lo que se hallaba ante su vista; buscaba su patria en este mundo; en fin, ya no 'estaba en
el más allá. El mundo era bello si se contemplaba
con la sencillez de un niño. Hermosas eran la luna
y las estrellas, el riachuelo y la orilla, 'el bosque y
la roca, la oveja y el escarabajo dorado, la flor y
la mariposa. Bello y gozoso era el caminar por este
mundo, de manera tan infantil, tan despierta, tan
abierta a lo cercano, tan confiada.

El calor del sol sobre sus cabellos era diferente,
igual que la fresca umbría del bosque, el sabor
del riachuelo y de la cisterna, de la calabaza y del
plátano. Los días eran cortos como también las noches; cada hora huía con rapidez, como un velero
sobre el mar repleto de riquezas, de alegrías. Siddharta veía una familia de monos saltando por las
copas de los árboles y escuchaba sus gritos ávidos
y salvajes. Siddharta miraba cómo un carnero per-
seguía a una oveja y cómo luego se juntaban. En el
lago cubierto de cañas observó al lucio hambriento
cazando de noche; delante de él, en el agua, se agi-
taban relucientes los peces jóvenes, llenos de miedo,
y los remolinos que originaba el impetuoso cazador, llevaban el hálido imperioso de la fuerza y la
pasión.

Todo eso siempre había existido sin que él lo per-

cibiera. No había participado del mundo. Ahora
sí. Por su ojo pasaba la luz y la sombra, por su
corazón circulaban las estrellas y la luna.

Por el camino, Siddharta también recordó todo
lo que había vivido en el jardín de Jatavena, la
doctrina que allí había escuchado del divino Buda,
la despedida de Govinda, la conversación con el venerable. Acordóse nuevamente de sus propias palabras, las que había dirigido al majestuoso. Recordó cada frase. Comprendió con asombro que había hablado sin saber realmente lo que decía. Lo
que dijera a Gotama: que el tesoro y el secreto del
Buda no eran la doctrina, sino lo inenarrable, lo que
no podía enseñarse, lo que él había vivido en
la hora de su iluminación, esto era precisamente lo
que él pensaba vivir ahora, lo que en aquel momento empezaba a vivir. Ahora tenía que existir consigo mismo. Desde hacía tiempo había comprendido que el yo era el ATMAN, de la misma naturaleza
eterna de Brahma, pero nunca había logrado encontrarse a sí mismo, nunca había encontrado ese yo,
porque quería pescarlo con la red del pensamiento.

No obstante, lo más seguro es que el cuerpo no
fuera el yo, ni en el juego de los sentidos, como
tampoco lo era el pensar, ni la inteligencia, ni la
sabiduría aprendida, ni la enseñanza en el arte de
sacar conclusiones y de construir nuevos pensamientos por entre las teorías ya enunciadas.

No, también el mundo de los pensamientos se encontraba aún de este lado, y no conducía a ningún

fin; se mataba al fugaz yo de los sentidos y, sin embargo, se alimentaba el fugaz yo de las reflexiones y la sabiduría.

Ambos, los pensamientos y los sentidos, eran cosas hermosas; detrás de ambos se escondía el último sentido; debía escucharse a los dos, se tenía que jugar con ambos, no se debía menospreciar ni sobrevalorar a ninguno de ellos. Era necesario escuchar las voces secretas e interiores de ambos. Seguiría, pues, las indicaciones de la voz, sin perseguir ninguna otra finalidad. ¿Por qué Gotama, en la hora de las horas, se había sentado bajo aquel árbol donde tuvo su iluminación? Había oído una voz, un grito dentro de su propio corazón que le ordenaba descansar debajo de aquel árbol; y Gotama no había recurrido a la mortificación ni al sacrificio, ni al baño, ni a la oración, ni a la comida, ni a la bebida, ni al sueño, sino que había obedecido la voz. Obedecer así no era doblegarse a una orden exterior, sino sólo a la voz interior; estar tan dispuesto era lo mejor, lo necesario, lo más conveniente.

Durante la noche, cuando dormía en la choza de paja de un barquero, junto al río, Siddharta tuvo un sueño: Govinda estaba delante de él con su manto amarillo de asceta. Govinda tenía un aspecto triste y con melancolía le preguntaba: "¿Por qué me has abandonado?" Entonces Siddharta abrazaba a Govinda, lo tomaba entre sus brazos, lo estrechaba contra su pecho y lo besaba... Ya no era Govinda, sino una mujer y del vestido le salía un seno turgente. Tendíase Siddharta y bebía. La leche de ese pecho sabía dulce y fuerte. Su sabor era de mujer y de hombre, de sol y de bosque, de flor y de animal, de todas las frutas y todos los placeres; embriagaba y hacía perder el sentido.

Cuando Siddharta se despertó, el río pálido brillaba a través de la puerta de la choza, y en el bosque se oía grave y sonoro el grito sombrío de un búho.

Al amanecer, Siddharta rogó a su anfitrión, el barquero, que lo llevara al otro lado del río. El barquero lo trasladó en su balsa de bambú. El agua ancha resplandecía con el color rosado del amanecer.

—Este es, en verdad, un hermoso río —dijo a su acompañante.

—Sí —respondió el barquero—, es un río espléndido. Es lo que más quiero. A menudo lo he escuchado, me he mirado en sus ojos y siempre he aprendido algo nuevo de él. Se puede aprender mucho de un río.

—Te doy las gracias, buen hombre —exclamó Siddharta, cuando hubo saltado a la otra orilla—, no tengo ningún regalo que darte, amigo, ni puedo pagarte. Soy un vagabundo, un hijo de brahmán y soy samana.

—Ya me di cuenta de ello —contestó el barquero— y no esperaba de ti paga ni regalo. Me harás un obsequio en otra ocasión.

—¿Así lo crees? —preguntó alegre Siddharta.

—Desde luego. También eso lo he aprendido del río: ¡todo vuelve! Tú también volverás, samana. Ahora, ¡adiós!, que tu amistad sea mi paga. ¡Que pienses en mí cuando sacrifiques ante los dioses!

"Es como Govinda —pensó Siddharta alegremen- —Todos los que encuentro en mi camino son como Govinda. Todos son agradecidos, a pesar de que ellos mismos merecen agradecimiento. Todos son serviciales, a todos les gusta ser amigos, les agrada obedecer, pensar poco. Los hombres son como niños."

Al mediodía pasó por un pueblo. Delante de las cabañas de barro, los pequeños se revolcaban en la calle, jugaban con pipas y calabazas y con caracoles; gritaban y vociferaban pero todos huían tímidos ante el samana forastero. Al final del pueblo, en el camino por el que cruzaba un riachuelo, una joven estaba arrodillada, lavando vestidos a su orilla. Cuando Siddharta la saludó, la muchacha alzó la cabeza y lo miró con una sonrisa que hizo brillar la blancura de sus dientes.

Siddharta pronunció la bendición de los peregrinos y preguntó cuánto faltaba para llegar a la gran ciudad. Entonces la joven se levantó y se le acercó; el brillo de su boca húmeda resplandecía en el rostro juvenil. Echó a andar junto a Siddharta y entre bromas le preguntó si ya había comido y si era verdad que los samanas dormían solos por la noche en el bosque y que no podían tener mujer. En esto, la muchacha colocó su pie izquierdo sobre el derecho de Siddharta, e hizo el ademán que hace la mujer cuando invita al hombre al placer sensual que los libros llaman "la subida al árbol".

Siddharta sintió cómo se le caldeaba la sangre y en aquel instante recordó su sueño. Inclinóse un poco hacia la mujer y besó con los labios el botón oscuro de su pecho. Luego levantó la mirada y vio que la joven le sonreía con vivo anhelo, y con los ojos le suplicaba.

También Siddharta sintió el deseo y notó cómo en su interior se despertaba el sexo: nunca había tocado a una mujer. Vaciló un momento, a pesar de que sus manos ya estaban dispuestas a tomarla. Y en aquel mismo instante, escuchó estremecido la voz de su interior; y la voz dijo que no. Entonces desapareció el encanto del rostro de la joven; Siddharta tan sólo veía la húmeda mirada de una joven mujer apasionada. Afectuosamente pasó la mano por su mejilla y se separó de la muchacha. Con pasos ligeros desapareció por el bosque de bambú, dejando atrás a la joven decepcionada.

Ese mismo día, antes de que anocheciera, llegó a una gran ciudad y se alegró, pues tenía ganas de hallarse entre personas. Había vivido mucho tiempo en el bosque, y la choza de paja del barquero, donde durmiera la noche pasada, había sido su primer lecho después de mucho tiempo.

Delante de la ciudad, junto a un hermoso bosque rodeado por una valla, el caminante se encontró con un grupo de criados y siervos cargados de cestos. En medio del grupo iba el ama, una mujer reclinada en una litera adornada que era llevada por cuatro esclavos; estaba apoyada en rojos almohadones debajo de una sombrilla de colores. Siddharta se detuvo a la entrada del bosque y observó el espectáculo: vio a los criados, las siervas, los cestos, la litera; observó a la dama dentro de su silla de mano. Debajo de sus cabellos negros, recogidos en un peinado alto, pudo ver un rostro muy blanco, muy delicado, muy inteligente y una boca de un rojo vivo, como un higo recién abierto; también vio unas cejas cuidadas y pintadas en forma de alto arco, unos ojos inteligentes y despiertos, un cuello esbelto que salía de un vestido verde y oro; unas manos largas y delgadas, con anchos brazaletes de oro en las muñecas.

Siddharta se dio cuenta de lo hermosa que era aquella dama y su corazón se alegró. Se inclinó al paso de la litera, y, al enderezarse, contempló el bello rostro; por un momento leyó en aquellos ojos inteligentes bajo las altas cejas y aspiró un perfume que desconocía.

La hermosa sonrió un instante y luego desapareció en el parque seguida por los criados. "La ciudad me recibe con buenos auspicios", pensó Siddharta. Sintió deseos de entrar inmediatamente al parque, pero reflexionó y recordó cómo lo habían mirado los criados y las criadas; con qué desprecio, desconfianza, repulsión.

Pensó que era un samana, un asceta, un mendigo. "No, no puedo seguir así, se dijo; me sería imposible entrar en el parque." Y se echó a reír.

A la primera persona que se cruzó en su camino le preguntó por el parque y por el nombre de aquella mujer. Así se enteró de que aquel era el parque de Kamala, la famosa cortesana, y que, además del parque, ella poseía una casa en la ciudad.

Seguidamente entró en la población. Ahora tenía un objetivo. Siguiéndolo, se dejó absorber por la ciudad. Caminó por las tortuosas callejuelas, se detuvo en las plazas, descansó en las escalinatas de piedra a orillas del río. Por la noche hizo amistad con un barbero al que había visto trabajar a la sombra de una arcada y que volvió a encontrar en un templo de Vishnú; le narró entonces la historia de Vishnú y de los Laksmíos. Por la noche durmió junto a las barcas del río, y, al amanecer, de madrugada, antes de que llegaran los primeros clientes a su tienda, el barbero le cortó el cabello, le afeitó la barba, lo peinó y le dio fricciones con aceites perfumados. Luego, Siddharta se fue a bañar al río.

Cuando por la tarde la bella Kamala se acercó al parque en su litera, a la entrada se encontraba Siddharta, quien hizo una reverencia y recibió el saludo de la cortesana. Siddharta hizo una señal al último criado del séquito y le rogó que comunicara a su ama que un joven brahmán deseaba hablar con ella. Después de un tiempo regresó el criado y le rogó que le siguiera. En silencio lo condujo a un pabellón donde Kamala descansaba sobre un diván, y lo dejó a solas con ella.

—¿No estabas ayer ahí fuera y me saludaste? —preguntó Kamala.

—Sí, te vi ayer y te saludé.

—¿Pero ayer no llevabas barba y el cabello largo y lleno de polvo?

—Observaste bien, no perdiste ningún detalle. Viste a Siddharta, al hijo del brahmán, que abandonó su casa para convertirse en samana y que por tres años fue un samana. Pero ahora he abandonado aquel camino y he venido a esta ciudad. La primera persona que se cruzó por mi senda, aun antes de 'entrar en la población, fuiste tú. ¡He venido a decirte todo esto, Kamala! Eres la primera mujer a la que Siddharta habla sin bajar la vista. Nunca jamás quiero bajar mi vista cuando me encuentre con una mujer hermosa.

Kamala sonreía y jugaba con su abanico de plumas de pavo real. Le preguntó:

—¿Y para decirme eso has venido hasta mí, Siddharta?

—Para decirte eso, y para darte las gracias por ser tan bella. Y si no te disgustara, Kamala, te rogaría que fueras mi amiga y maestra, pues todavía no sé nada del arte que tú dominas.

Entonces Kamala se echó a reír.

—¡Jamás me había ocurrido, amigo, que un samana del bosque viniera a aprender de mí! ¡Jamás me había sucedido que un samana de cabellos lar-

gos, vestido con un taparrabos viejo y raído se me
acercara! Muchos jóvenes vienen a verme, y entre
ellos también los hay que son hijos de brahmanes;
pero vienen con atavíos elegantes, con finos zapatos,
cabellos perfumados y dinero en el bolsillo. Así
son, samana, los jóvenes que me visitan.

Siddharta contestó:

—Ya empiezo a aprender de ti. También ayer
me enseñaste algo. Ya me he afeitado la barba, me
he peinado y llevo aceite en el cabello. Es poco lo
que me falta: vestidos elegantes, finos zapatos, dinero en el bolsillo. Quiero que sepas que Siddharta
se ha propuesto cosas más difíciles que esas peque-
ñeces, y lo ha logrado. ¿Por qué no voy a conseguir
lo que me propuse ayer, ser tu amigo y aprender de
ti los placeres del amor? Me verás dócil, Kamala;
he aprendido cosas más difíciles que lo que tú me
puedes enseñar. Y ahora, dime: ¿No te basta con
Siddharta tal y como está, con aceite en el cabello,
pero sin vestidos, ni zapatos, ni dinero?

Kamala exclamó riendo:

—No, querido; no me basta. Tienes que ir vestido con ropas elegantes y debes llevar finos zapatos y mucho dinero encima y traer también regalos
para Kamala. ¿Vas aprendiendo? ¿Comprendes, samana del bosque?

—Naturalmente —repuso Siddharta—. ¿Cómo
podría desatender las palabras de esa boca? Tus labios son como un higo recién abierto, Kamala. También mi boca es roja y fresca y hará juego con la

tuya, lo verás. Pero dime, bella Kamala, ¿no temes
ni siquiera un poco al samana del bosque, que ha
venido a aprender el amor?

—¿Cómo podría tener miedo de un samana? ¿De
un necio samana del bosque, que habita con los chacales y que todavía desconoce lo que es una mujer?

—¡Ah! Pero el samana es fuerte y no se arredra
ante nada. Podría forzarte, bella doncella. Robar-
te, hacerte daño.

—No, samana, no temo nada de eso. ¿Alguna vez
un samana o un brahmán ha temido que alguien le
pudiera robar su sabiduría, su devoción o su pro-
fundidad de pensamiento? No, pues es suyo, y sólo
da lo que quiere dar y a quien quiere. Lo mismo
exactamente pasa con Kamala y las alegrías del
amor. La boca de Kamala es bonita y encarnada,
pero intenta besarla contra la voluntad de Kamala
y no disfrutarás ni una sola gota de la dulzura que
sabe dar. Tú tienes facilidad para aprender, Siddharta, pues aprende también esto: el amor se puede
suplicar, comprar, recibir como obsequio, encontrar
en la calle, ¡pero no se puede robar! El camino que
te has imaginado es erróneo. Sería una lástima que
un joven tan agraciado como tú, empezara tan mal.

Siddharta se inclinó sonriente y contestó:

—¡Sería una lástima! ¡Tienes razón! Sería una
verdadera lástima. ¡No, de tu boca no debo per-
derme ni una sola gota de dulzura, ni tú de la mía!
Quedamos, pues, así, en que Siddharta volverá
cuando tenga lo que le falta: vestidos, zapatos, di-

nero. Pero antes, bella Kamala, ¿no podrías darme un pequeño consejo todavía?

—¿Un consejo? ¿Por qué no? ¿Quién se negaría a dar un consejo a un pobre e ignorante samana que viene de los chacales del bosque?

—Dime, pues, querida Kamala: ¿Dónde debo ir para encontrar rápidamente esas tres cosas?

—Amigo, eso es lo que muchos quisieran saber. Debes hacer lo que has aprendido y exigir por ello dinero, vestidos y zapatos. De otra forma un pobre no logra tener dinero. ¿Qué sabes hacer?

—Sé pensar, esperar, ayunar.

—¿Nada más?

—Nada más... Pues sí; también sé hacer poesías. ¿Quieres darme un beso por una poesía?

—Si me gusta la poesía, sí. ¿Cómo se llama?

Siddharta, después de pensar un instante, empezó a recitar estos versos:

En un umbrío parque entró la bella Kamala.
A la entrada de ese parque se hallaba el moreno samana.
Al ver la flor de loto se inclinó profundamente
y sonriendo se lo agradeció Kamala.
Es mejor, pensó el samana,
ofrecer sacrificios a Kamala
que vivir ofrendando
ante los dioses.

Kamala aplaudió tan fuerte que sus pulseras de oro resonaron argentinas.

—Me gustan tus versos, moreno samana. Y en verdad, no pierdo nada si te doy un beso.

Con los ojos le atrajo: Siddharta inclinó el rostro sobre el de Kamala y depositó su boca sobre la de ella que era como un higo recién abierto. El beso de Kamala fue largo; con profundo asombro, Siddahrta se dio cuenta de que le enseñaba, pues era sabia; lo dominaba, lo rechazaba, lo atraía, y tras el primer beso, le esperaba una larga sucesión de besos, cada uno distinto del siguiente. Respiró profundamente y en ese momento se sintió sorprendido como un niño ante la abundancia de cosas nuevas y dignas de aprender que se descubrían ante sus ojos.

—Tus versos son muy bellos —exclamó Kamala—; si yo fuera rica te los pagaría a precio de oro. Pero te será difícil ganar con versos tanto dinero como el que tú necesitas. Pues necesitarás mucho, si quieres ser amigo de Kamala.

—¡Cómo sabes besar, Kamala! —balbuceó Siddharta.

—Sí, eso lo sé hacer; por ello tampoco me faltan vestidos, ni zapatos, ni pulseras ni otras cosas bonitas. ¿Pero qué será de ti? ¿No sabes otra cosa que pensar, ayunar y hacer poesías?

—También sé las canciones de los sacrificios —comentó Siddharta—, pero ya no las quiero cantar. También conozco las fórmulas mágicas, pero ya no las quiero pronunciar. He leído las escrituras...

—¡Alto! —interrumpió Kamala—. ¿Sabes leer? ¿Sabes escribir?

—Sí, naturalmente. Hay muchos que saben.

—La mayoría no. Tampoco yo lo sé. Es muy interesante que sepas leer y escribir, muy interesante. También te servirán las fórmulas mágicas.

En ese instante entró corriendo una sirvienta y dijo unas palabras al oído de su ama.

—Tengo visita —exclamó Kamala—. ¡Date prisa! Vete, Siddharta, nadie debe encontrarte por aquí, no lo olvides. Mañana te veré de nuevo. Sin embargo, ordenó a la sierva que entregara al devoto brahmán una túnica blanca. Sin saber lo que ocurría, Siddharta se vio conducido por la criada a otro pabellón, a través de un camino desconocido; luego fue obsequiado con una túnica y, ya en la espesura, le dijeron que se alejara del parque tan pronto como pudiera y sin ser visto.

Contento, hizo lo que se le había mandado. Acostumbrado al bosque, salió del parque por encima del seto, sin hacer ruido. Alegre regresó a la ciudad con la túnica enrollada bajo el brazo. En un albergue frecuentado por viajeros, se colocó a un lado de la puerta y pidió comida con un gesto; recibió un trozo de pastel de arroz. "Quizá mañana ya no tenga que pedir más comida", se dijo.

De repente se le encendió el orgullo. Ya no era un samana. Ya no debía pedir limosnas. Arrojó el pastel de arroz a un perro y se quedó sin comer.

"La vida que se vive en este mundo es simple

—reflexionó Siddharta—. Cuando todavía era un samana todo era difícil, y al final desesperado. Ahora todo es fácil, tan sencillo como las enseñanzas en el arte de besar que me ofrece Kamala. Necesito vestidos y dinero, nada más. Son dos metas pequeñas y cercanas que no quitan el sueño."

Desde hacía tiempo había indagado el lugar en que se hallaba la casa de Kamala en la ciudad, y allí se presentó al día siguiente.

—Todo va bien —le dijo Kamala—. Te espera Kamaswami, el más rico comerciante de la ciudad. Si le gustas, te empleará. Sé inteligente, moreno samana. He hecho que otros le hablaran de ti. Sé amable con él, es muy influyente. ¡Pero no seas demasiado modesto! No quiero que te conviertas en su criado; has de ser su igual, si no, no estaré contenta de ti. Kamaswami empieza a envejecer y a volverse indolente. Si le gustas te confiará muchos asuntos.

Siddharta rió dándole las gracias. Cuando Kamala se enteró que en dos días no había comido, mandó que se le trajera pan y fruta.

—Has tenido suerte —comentó Kamala, al despedirse—, se te abre una puerta tras otra. ¿Por qué será? ¿Eres un mago?

Siddharta replicó:

—Ayer te dije que sabía pensar, esperar y ayunar, y tú encontraste que todo ello era inútil. Sin embargo, sirve para mucho, Kamala, ya lo verás. Te darás cuenta de que los ignorantes samanas aprenden en el bosque y saben muchas cosas hermosas. Anteayer todavía era un mendigo sucio; ayer besé a Kamala y pronto seré un comerciante y tendré di-.iero y todas las cosas que a ti te gustan.

—Eso es cierto —reconoció Kamala—. ¿Pero qué habría sido de ti si no hubiera sido por Kamala? ¿Qué serías tú sin mi ayuda?

—Querida Kamala —manifestó Siddharta, al tiempo que se incorporaba—, cuando entré en tu parque, di el primer paso. Me había propuesto aprender el amor de la más bella de las mujeres. Y desde el momento en que me lo propuse, también sabía que lo lograría. Sabía que tú me ibas a ayudar; lo supe desde tu primera mirada, a la entrada del bosque.

—¿Y si yo no hubiese querido?

—Pero has querido. Mira, Kamala: si echas una piedra al agua, ésta se precipita hasta el fondo por el camino más rápido. Lo mismo ocurre cuando Siddharta tiene un fin, cuando se propone algo. Siddharta no hace nada, sólo espera, piensa, ayuna, sin hacer nada, sin moverse: se deja llevar, se deja caer. Su meta lo atrae, pues él no permite que entre en su alma nada que pueda contrariar su objetivo. Eso es lo que Siddharta ha aprendido de los samanas. Es lo que los necios llaman magia y creen que es obra de demonios. Nada es obra de los malos espíritus, éstos no existen. Cualquiera puede ejercer la magia si sabe pensar, esperar, ayunar.

Kamala lo escuchó. Amaba su voz y amaba la mirada de sus ojos.

—Tal vez sea como tú dices, amigo —musitó en voz baja—, pero quizá también es porque Siddharta es hermoso, porque su mirada gusta a las mujeres, y por ello tiene suerte.

Siddharta se despidió con un beso.

—Así sea, profesora mía. ¡Que mi mirada te agrade siempre! ¡Que a tu lado siempre tenga suerte!

VI

CON LOS HUMANOS

SIDDHARTA marchó en busca del comerciante Kamaswami. Fue recibido en una rica mansión; los criados lo guiaron sobre valiosas alfombras hasta un salón, donde debía esperar al señor de la casa.

Entró Kamaswami. Era un hombre ágil y vivaz, con cabellos entrecanos, ojos prudentes y boca sensual. Amablemente se saludaron anfitrión y huésped.

—Me han dicho —empezó el comerciante—, que tú eres un brahmán, un sabio, pero que buscas empleo en casa de un comerciante. ¿Acaso te encuentras en la miseria, brahmán, y por eso buscas empleo?

—No —contestó Siddharta—, no me encuentro en la miseria y jamás me he encontrado así. Has de saber que vengo de los samanas entre quienes he vivido mucho tiempo.

—Si vienes de los samanas, ¿cómo no vas a estar en la miseria? Los samanas no poseen nada, ¿verdad?

—Nada tengo —repuso Siddharta—, si es eso lo que quieres decir. Verdad es que nada poseo. Sin embargo, así es porque ése es mi deseo; por lo tanto no estoy en la miseria.

—Pero, ¿de qué piensas vivir, si no posees nada?

—Nunca he pensado en ello, señor. Durante más de tres años no he poseído nada, y jamás pensé de qué debía vivir.

—Es decir, que has vivido a expensas de los demás.

—Supongo que así es. También el comerciante vive a expensas de los otros.

—Bien dicho. Pero no les quita a los otros lo suyo sin darles nada a cambio: en compensación les entrega mercancías.

—Así parecen ir las cosas. Todos quitan, todos dan: esa es la vida.

—Conforme, pero dime, por favor: si no posees nada, ¿qué quieres dar?

—Cada uno da lo que tiene. El guerrero da fuerza; el comerciante, mercancía; el profesor, enseñanza; el campesino, arroz; el pescador, peces.

—Muy bien. ¿Y qué es, pues, lo que tú puedes dar? ¿Qué es lo que has aprendido? ¿Qué sabes hacer?

—Sé pensar. Esperar. Ayunar.

—¿Y eso es todo?

—¡Creo que es todo!

—¿Y para qué sirve? Por ejemplo, el ayuno... ¿Para qué vale?

—Es muy útil, señor. Cuando una persona no tiene nada que comer, lo mejor que puede hacer es

ayunar. Si, por ejemplo, Siddharta no hubiera aprendido a ayunar, hoy mismo tendría que aceptar cualquier empleo, sea en tu casa o en cualquier otro
lugar, pues el hambre le obligaría. Sin embargo,
Siddharta puede esperar tranquilamente, desconoce
la impaciencia, la miseria; puede contener el asedio
del hambre durante mucho tiempo y, además, puede echarse a reír. Para eso sirve el ayuno, señor.

—Tienes razón, samana. Espera un momento.

Kamaswami salió y al momento regresó con un
papel enrollado que entregó a su huésped al tiempo que le preguntaba:

—¿Sabes leer lo que dice aquí?

Siddharta observó el documento, que contenía un
contrato de venta, y empezó a leerlo.

—Perfecto —exclamó Kamaswami—. ¿Quieres
escribirme algo en este papel?

Le entregó una hoja y un lápiz; Siddharta escri-
cribió y le devolvió la hoja.

Kamaswami leyó:

"Escribir es bueno, pensar es mejor. La inteligencia es buena. La paciencia es mejor."

—Sabes escribir excelentemente —alabó el comerciante—. Aún tenemos que hablar de muchas
cosas. Por hoy te ruego que seas mi invitado y que
te alojes en mi casa.

Siddharta le dio las gracias y aceptó; y se alojó
en casa del comerciante. Le entregaron vestidos y
zapatos y un criado le preparaba diariamente el baño. Dos veces al día servían una mesa abundante,

pero Siddharta tan sólo participaba una vez, y nunca comía carne ni bebía vino.

Kamaswami le habló de sus negocios, le enseñó su mercancía y sus negocios, le mostró las cuentas. Siddharta llegó a conocer muchas cosas nuevas, escuchaba mucho y hablaba poco. Recordando las palabras de Kamala, jamás se subordinó al comerciante, sino que lo obligó a que le tratara como a un igual, e incluso como a un superior. Kamaswami llevaba sus negocios con cuidado y hasta con pasión; Siddharta, por el contrario, lo observaba todo como si se tratara de un juego cuyas reglas se esforzaba por aprender, pero sin que llegaran a afectarlo en su interior.

No había pasado mucho tiempo desde que se encontraba en casa de Kamaswami, cuando ya participaba en los negocios del dueño de la casa. Pero diariamente, a la hora indicada, visitaba a la bella Kamala con vestidos elegantes, finos zapatos y pronto también le llevó regalos. Aprendía mucho de la roja boca sabia. Mucho le enseñó la mano suave y delicada.

Siddharta, en el amor, todavía era un chiquillo, inclinado a hundirse con ceguera insaciable en el placer, como en un precipicio. Kamala le enseñó, desde el principio, que no se puede recibir placer sin darlo; que todo gesto, caricia, contacto, mirada, todo lugar del cuerpo, tiene un secreto, que al descubrirse produce felicidad al entendido. También le dijo que los amantes, después de celebrar el rito del amor, no pueden separarse sin que se admiren mutuamente, sin sentirse a la vez vencido y vencedor; de ese modo ninguno de los dos notará saciedad, monotonía, ni tendrá la mala impresión de haber abusado o de haber padecido abuso.

Pasaba Siddharta horas maravillosas con la bella e inteligente cortesana; se convirtió en su discípulo, su amante, su amigo. Allí, junto a Kamala, encontraba el valor y el sentido de su vida actual, no en los negocios de Kamaswami.

El comerciante encargaba a Siddharta las cartas y los pedidos de mayor cuantía, y se acostumbró a pedirle consejo en todos los asuntos importantes. Pronto se dio cuenta de que Siddharta entendía poco de arroz y de lana, de navegación y de negocios; pero que tenía buen tino, e incluso superaba al comerciante en su tranquilidad, serenidad y en el arte de saber escuchar y penetrar en el alma de los extraños.

—Este brahmán —comentó Kamaswami a un amigo— no es un verdadero comerciante y jamás lo será; los negocios nunca apasionan su alma. Pero posee el secreto de las personas a quienes la fortuna les sonríe, ya sea por su buena estrella, por magia o por algo que habrá aprendido de los samanas. Siempre parece que juega a los negocios; jamás se siente ligado o dominado por ellos; nunca teme el fracaso, ni le preocupa una pérdida.

El amigo aconsejó al comerciante:

—De los negocios que te lleva, entrégale una tercera parte de los beneficios, pero deja que también pague la misma participación en las pérdidas que se produzcan. Así lograrás aumentar su interés.

Kamaswami siguió su consejo. Pero esta medida en nada afectó a Siddharta. Si conseguía beneficios, los recibía con indiferencia; si había una pérdida, se echaba a reír y exclamaba:

—¡Pues mira, esto no ha salido bien!

A decir verdad, Siddharta continuaba siendo indiferente con los negocios. En una ocasión fue a un pueblo a comprar una gran cosecha de arroz. Sin embargo, al llegar, supo que el arroz ya había sido vendido a otro comerciante. A pesar de ello, Siddharta se quedó varios días en la aldea, invitó a los campesinos, regaló monedas de cobre a sus hijos, asistió a una de sus bodas y regresó contentísimo del viaje.

Kamaswami le reprobó por no haber regresado en seguida y por haber malgastado tiempo y dinero. Siddharta contestó:

—¡No te enfades, amigo! Jamás se ha logrado nada con enfados. Si hemos tenido una pérdida, asumo la responsabilidad. Estoy contento de este viaje. He conocido a muchas personas: un brahmán me otorgó su amistad, los niños han cabalgado sobre mis rodillas, los campesinos me han enseñado sus campos; nadie me tuvo por comerciante.

—Todo eso está muy bien —exclamó Kamaswami indignado—. ¡Pero en realidad eres un comer-

ciante!, o al menos eso creo yo. ¿O acaso has viajado por placer?

—Naturalmente —sonrió Siddharta—, naturalmente que he viajado por placer. ¿Por qué si no?
He conocido nuevas personas y lugares. He recibido
amabilidad y confianza. He encontrado amistad.
Mira, amigo, si yo hubiese sido Kamaswami, al ver
frustrada la compra, habría regresado en seguida,
fastidiado y con prisas; entonces sí que realmente se
habría perdido tiempo y dinero. De esta manera,
sin embargo, he pasado unos días gratos, he aprendido, he tenido alegría y no he perjudicado a nadie
con mi fastidio y mis prisas. Y si alguna vez vuelvo
allí, quizá para comprar otra cosecha o con cualquier otro fin, me recibirán personas amables, llenas
de alegría y cordialidad, y yo me sentiré orgulloso
por no haber demostrado entonces prisa o mal humor. Así pues, amigo, sé bueno y no te perjudiques
con enfados. El día que creas que Siddharta te
perjudica, di una sola palabra y Siddharta se mar-
chará. Pero hasta entonces, deja que seamos buenos
amigos.

También eran vanos los intentos del comerciante
por convencer a Siddharta de que se comía su pan,
el de Kamaswami. Siddharta comía su propio pan
—decía él— o más bien, ambos comían el pan de
otros, el de todos. Siddharta jamás prestó oídos a las
preocupaciones de Kamaswami, y eso que eran muy
grandes. Nunca Kamaswami pudo convencer a su
colaborador de la utilidad de gastar palabras en

regaños o aflicciones, de fruncir el ceño o dormir
mal cuando algún negocio amenazaba con un fracaso, o si se presentaba la pérdida de un envío de mercancías, o cuando parecía que un deudor no podía
pagar. Si en alguna ocasión Kamaswami le reprochaba que todo lo que Siddharta sabía lo había
aprendido de él, éste contestaba:

—Veo que te gustan las bromas. De ti he aprendido cuánto vale un cesto de pescado y cuánto interés se puede pedir por un dinero prestado. Estas
son tus ciencias. Pero pensar, eso no lo he aprendido
de ti, amigo Kamaswami; muy bien harías tú si lo
aprendieras de mí.

Realmente el alma de Siddharta no se hallaba en
el comercio. Los negocios eran buenos para lograr el
dinero para Kamala, y le proporcionaban mucho
más de lo que necesitaba. Por lo demás, el interés y
la curiosidad de Siddharta sólo recaían en las personas, cuyos negocios, oficios, preocupaciones, alegrías y necedades podían serle tan extraños y lejanos como la luna. A pesar de la facilidad que tenía
para alternar con todos, para vivir y aprender de
todos, Siddharta notaba que existía algo que lo separaba de los otros; y esto se debía a que había sido
un samana. Observaba que los humanos vivían de
una manera infantil, casi animal, que él a la vez
amaba y despreciaba. Los veía esforzarse, sufrir y
encanecer por asuntos que no merecían ese precio:
por dinero, pequeños placeres y pequeños honores;
contemplaba cómo se insultaban unos a otros, se que-

jaban de sus penas, de las que un samana se ríe, y sufrían por carencias que un samana, ni siquiera sentía.

Siddharta acogía a todas las personas. Daba la bienvenida al comerciante que le ofrecía tela, al que estaba cargado de deudas y buscaba un crédito, al mendigo que durante una hora le explicaba la historia de su pobreza, a pesar de que no era la mitad de pobre que un samana. No diferenciaba en el trato al rico comerciante extranjero del barbero que lo afeitaba o del vendedor ambulante de plátanos a quien le permitía robarle algunas monedas del cambio. Cuando Kamaswami le contaba sus preocupaciones o le reprochaba algún negocio, él escuchaba con curiosidad, serenamente; luego se asombraba, intentaba entenderlo, le daba un poco la razón —únicamente la que le parecía imprescindible— y lo dejaba para ocuparse del siguiente asunto.

Y eran muchos, muchos los que llegaban a la ciudad para negociar con Siddharta, para engañarle o sondearle; muchos también para despertar su compasión, o escuchar su consejo. Siddharta los compadecía, aconsejaba, regalaba, y se dejaba engañar un poquito. Y ahora ocupaba su pensamiento todo ese juego y la pasión con que lo juzgaban los seres humanos, como antes se había ocupado de los dioses y de Brahma.

A veces le llegaba del fondo de su pecho una débil voz, casi imperceptible, que le avisaba y se lamentaba quedamente, pero era tan endeble que apenas podía oírla. Cuando la oía, por una hora tenía conciencia de que llevaba una vida extraña, de que hacía cosas que únicamente eran un juego; sí, se sentía sereno y a veces alegre, pero la verdadera vida pasaba de largo y no le tocaba.

Como un jugador juega con la pelota, así también Siddharta jugaba con sus negocios, con las personas que había a su alrededor; los observaba y se divertía con ellos. No obstante, su corazón, su verdadera naturaleza, no participaba. Su verdadero ser corría por alguna parte, pero lejos de él. Se deslizaba invisible, sin participar en la vida que llevaba. Ante tales pensamientos alguna vez se asustó; entonces deseó participar también, en lo posible, en la actividad pueril del día, con ardor y con el corazón; quería vivir de verdad, obrar auténticamente, disfrutar realmente, vivir en vez de permanecer como espectador solitario.

No obstante, continuaba sus visitas a la bella Kamala, aprendía el arte del amor, donde más que en ningún otro, el dar y el recibir son una misma cosa. Charlaba con Kamala, aprendía de ella, la aconsejaba. Kamala llegó a entenderlo mejor que Govinda en un tiempo. Kamala y Siddharta se asemejaban en todo.

En una ocasión, manifestó él:

—Tú eres como yo, diferente a la mayoría de los seres humanos. Tú eres Kamala, nada más; y dentro de ti hay un sosiego y un refugio a donde puedes retirarte en cualquier momento, como yo puedo hacerlo. Pocas personas lo tienen y, sin embargo, lo podrían poseer todas.

—No todo el mundo es inteligente —opinó Kamala.

—No —replicó Siddharta—, no es por eso. Kamaswami es tan inteligente como yo, y sin embargo, no lleva ese refugio en su interior. Otros lo tienen, pero si medimos su inteligencia, son igual que chiquillos. La mayoría de los seres humanos, Kamala, son como las hojas que caen de los árboles, que vuelan y revolotean por el aire, vacilan y por último se precipitan al suelo. Otros, por el contrario, casi son como estrellas; siguen un camino fijo, ningún viento los alcanza, pues llevan en su interior su ley y su meta. Entre todos los samanas y los sabios —y yo he conocido a muchos— había uno perfecto en este sentido. Jamás lo podré olvidar. Se trata del Gotoma, el ilustre, el predicador de aquella doctrina. Diariamente escuchan sus palabras más de mil discípulos, y a todas horas siguen sus consejos; pero los otros son hojas de las que caen, pues no llevan en sí mismos la doctrina y la ley.

Kamala objetó sonriente:

—Otra vez vuelves a hablar de él. Nuevamente tienes pensamientos de samana.

Siddharta no contestó. Continuó con el juego del amor, uno de los treinta o cuarenta diferentes juegos que conocía Kamala. El cuerpo de ella era elástico como el de una pantera, como el arco de un cazador;

quien aprendía el amor con Kamala, sabía muchos placeres, muchos secretos.

Durante mucho tiempo jugaba con Siddharta: lo atraía, lo rechazaba, lo obligaba, lo abrazaba, se alegraba de su maestría hasta que él, vencido y ago-tado, descansaba junto a Kamala.

La hetera se inclinó sobre Siddharta, observando largamente su cara y los ojos cansados.

—Eres el mejor amante que he conocido —declaró pensativa—. Eres más fuerte que otros, más flexible y espontáneo. Has aprendido mi arte muy bien, Siddharta. Algún día, cuando yo sea mayor, quiero tener un hijo tuyo. Y sin embargo, querido, sé que sigues siendo un samana, que no me quieres, que no amas a nadie. ¿No es eso verdad?

—Puede que lo sea —contestó cansado—. Pero soy como tú: tampoco amas... ¿Cómo podrías ejercer el amor como un arte? Las personas de nuestra naturaleza quizá no sepan amar. Los seres comunes sí que saben: ese es su secreto.

VII

SANSARA

DURANTE largo tiempo Siddharta había vivido la vida del mundo sin pertenecer a él. Se le habían despertado los sentidos que adormeció en los ardientes años de samana; había probado la riqueza, la voluptuosidad, el poder; no obstante, durante mucho tiempo permaneció siendo un samana dentro del corazón. Se dio cuenta de ello la misma Kamala, la inteligente. La vida de Siddharta seguía presidida por tres cosas: pensar, esperar y ayunar. Todavía la gente del mundo, los seres humanos, le eran extraños, igual que él lo era para los demás.

Los años pasaban, y Siddharta, rodeado de bienestar, apenas se daba cuenta. Se había hecho rico; ya poseía su propia casa con los correspondientes criados y un jardín en las afueras de la ciudad, junto al río. La gente lo quería; lo iban a ver cuando necesitaban dinero o consejos. Pero, a excepción de Kamala, nadie consiguió ser su amigo íntimo.

Poco a poco se había convertido en recuerdo aquella exaltación del renacer que sintió en su juventud, días después del sermón de Gotana y de la separación de Govinda, aquella esperanza expectante, aquel orgullo de soledad sin profesores ni doctrinas, aquella disposición dócil de oír la voz divina en su propio interior, todo fue pasajero; la fuente sagrada murmuraba en la lejanía y con voz muy débil, la que antes hablaba tan fuerte en su propio interior. Sin embargo, le había quedado todavía mucho de lo que aprendió de los samanas, de Gotama, de su padre, el brahmán: la vida moderada, el placer de pensar, las horas de meditación, el conocer secretamente el yo, el eterno yo, que no es cuerpo ni conciencia.

Sí, mucho de esto aún le quedaba y había más que quedaba en el olvido, cubierto de polvo. Era como la rueda del alfarero que, una vez en marcha, no se detiene bruscamente, sino que con lentitud y cansancio aminora la marcha hasta pararse del todo. En el alma de Siddharta, la rueda del ascetismo, de la reflexión, del discernimiento había girado durante mucho tiempo, y ahora todavía giraba, pero muy despacio, vacilando: se hallaba a punto de detenerse. Paulatinamente, como la humedad penetra en la corteza del árbol moribundo y la invade y la pudre, así el mundo y la inercia habían penetrado en el alma de Siddharta; con insidia le llenaban el alma, daban pesadez a su cuerpo, lo cansaban, lo adormecían. Por el contrario, sus sentidos se habían despertado, habían aprendido mucho, poseían gran experiencia.

Siddharta había aprendido a comerciar, a ejercitar su poder sobre las personas, a divertirse con una mujer; se había aficionado a vestir ropas elegantes, a ordenar a los servidores, a bañarse en aguas perfumadas. Había aprendido a comer sabrosos platos preparados con cuidado; platos de pescado, carne, aves, especias y dulces, y bebía el vino que aletarga y ayuda a olvidar. Había progresado en el juego de los dados, en el tablero de ajedrez, en el saber mirar a las bailarinas; sabía dejarse llevar en una litera y dormir en una cama blanda.

Pero aún se sentía diferente o superior a los demás; aún los observaba con un poco de ironía y desprecio: precisamente con ese desdén que siente un samana por la gente del mundo. Cuando Kamaswami sentía zozobra, cuando lo perseguían las preocupaciones de los negocios, Siddharta siempre le lanzaba una mirada burlona. Pero imperceptiblemente, con el continuo ritmo de las cosechas y estaciones de lluvia, su ironía había decrecido, su aire de superioridad había menguado. Y lentamente, en medio de su riqueza creciente, Siddharta adquirió algo de las características de los seres humanos comunes, algo de sus temores y puerilidades.

Y con todo ello, los envidiaba. Sentía cada vez más celos, a medida que se iba pareciendo más a ellos. Codiciaba lo único que a él le faltaba y que los hombres tenían: la importancia que lograban dar a su existencia, la pasión de sus alegrías y temores, la dulzura inquietante y su constante capacidad de amar. Vivían enamorados de sí mismos, de sus mujeres, de sus hijos, de su honor, o de su dinero; esos seres siempre se hallaban llenos de planes y esperanzas.

Precisamente eso era lo que él no conseguía emular: esa alegría y, si se quiere, necedad infantil. Aprendía de ellos tan sólo lo desagradable, lo que despreciaba. Cada vez con más frecuencia le ocurría que tras pasar una noche en sociedad, a la mañana siguiente se quedaba mucho tiempo en la cama, se sentía estúpido y cansado. Cada vez más a menudo se enfadaba y perdía la paciencia cuando Kamaswami lo aburría con sus preocupaciones.

Su risa era demasiado estridente cuando perdía en el juego de los dados. Su rostro aún parecía más inteligente y sereno que el de los otros, pero luego empezó a reír poco y adoptó uno tras otro aquellos gestos que se veían con frecuencia en los rostros de los potentados, los gestos de descontento, de dolor, de mal humor, de desidia, de dureza del corazón. Paulatinamente lo atacó la enfermedad de los hombres ricos.

Lentamente, el cansancio cubría a Siddharta como un velo, con una niebla fina; cada día un poco más espesa, cada año algo más pesada.

Como un vestido nuevo que con el tiempo se vuelve viejo, pierde sus colores y textura, se mancha, se arruga, se gasta en los dobladillos y se deshilacha, así fue la vida que Siddharta empezó tras la separación de Govinda: había envejecido y, al pasar de los años, perdía su brillo, se manchaba y se arrugaba, escondiendo en el fondo el desengaño y el asco. Siddharta no lo advertía. Sólo notaba que aquella voz clara y segura de su interior, la que lo acompañó en su despertar y que lo guió en sus mejores momentos, ahora se había enmudecido.

Lo habían capturado el mundo, el placer, las exigencias, la pereza y, por último también, aquel vicio que por ser el más insensato, siempre había despreciado más: la codicia. Por fin, las ansias de posesión y de riqueza se habían apoderado de Siddharta; ya no eran un juego, sino una carga y una cadena.

Siddharta había llegado a esta triste servidumbre por un camino raro y lleno de sinsabores; el juego de los dados. Desde el momento en que su corazón dejó de ser el de un samana, empezó a jugar por dinero y por objetos valiosos, con pasión, con furia creciente; era el mismo juego que antes había considerado, entre risas e ironías, como una costumbre más de los seres humanos.

Como jugador lo temían; pocos se atrevían con él; a tanta altura habían llegado sus temerarias apuestas. Jugador, inducido por la miseria de su corazón, al malgastar el dichoso dinero, experimentaba una salvaje alegría; de ninguna otra forma podía demostrar con más claridad y sarcasmo su desdén por la riqueza, la diosa de los comerciantes.

Así, pues, jugaba mucho y sin miramientos; se odiaba a sí mismo, se burlaba del dinero, ganaba a miles, perdía por millares; disipaba el dinero, las joyas, una casa de campo y volvía a resarcirse y volvía a perder.

Le gustaba aquel miedo, aquella angustia terrible que sentía en el juego de los dados tras haber apostado mucho; buscaba poder renovarlo siempre, aumentarlo cada vez más, pues sólo esa sensación le producía algo parecido a la felicidad, al entusiasmo, a una vida elevada en medio de la mediocridad de su existencia gris e indiferente. Y después de una gran pérdida, buscaba nuevas riquezas, hacía los negocios con más diligencia, obligaba a saldar las deudas con más severidad, pues quería seguir jugando, malgastando, demostrando su desprecio por el dinero. Mas cuando perdía en el juego, perdía la tranquilidad, agotaba su paciencia contra los mendigos, ya no poseía el placer de regalar ni de prestar como antes.

¡Siddharta, el que en una sola jugada perdía diez mil, y además se reía, ahora en los negocios se volvía cada vez más severo y mezquino! ¡Y por la noche soñaba con dinero! Y Siddharta huía cada vez que se despertaba de ese espantoso letargo, cuando veía su cara envejecida y fea reflejada en el espejo de la pared de su dormitorio, y le atacaban la vergüenza y la repugnancia; huía hacia nuevos juegos de fortuna, hacia el aturdimiento de la lujuria y del vino y así iniciaba nuevamente el círculo absurdo de ganar y malgastar riquezas. En esa noria sin sentido se agotaba, envejecía y se enfermaba.

Un día tuvo un sueño fatídico. Había pasado las

horas de la tarde con Kamala, en el hermoso parque.
Se habían sentado bajo los árboles, a conversar;
Kamala pronunció palabras melancólicas, detrás de
las cuales se escondía la tristeza y el cansancio. Le
había rogado que le hablara de Gotama, y no se cansaba de escuchar sobre la pureza de su mirada, la
bella tranquilidad de sus labios, la bondad de su
sonrisa, la paz de todo su ser. Durante mucho tiempo le había tenido que contar los hechos del venerable Buda; Kamala suspiró y manifestó:

—Algún día, quizá pronto, también yo seguiré a
ese Buda. Le regalaré mi parque y me refugiaré en
su doctrina.

Sin embargo, volvió después a seducir a Siddharta en el juego del amor. Lo cautivó con vehemencia
dolorosa, entre mordiscos y lágrimas, como si quisiera exprimir, una vez más, la última y dulce gota
de ese placer pasajero.

Nunca, como entonces, Siddharta se había dado
cuenta con tanta claridad del cercano parentesco que
hay entre la voluptuosidad y la muerte. Después se
tendió junto a Kamala, su cara junto a la de ella;
bajó sus ojos y cerca de los labios había notado un
trazo triste, más diáfano que nunca, como una es-
critura de finas líneas, de leves arrugas, un alfabeto
que recordaba el otoño y la vejez... igual que había notado Siddharta alguna cana en sus cabellos
negros, a pesar de que sólo tenía cuarenta años. El
cansancio escribía ya en el bello rostro de Kamala;
era la fatiga de un largo camino sin objetivo con-

creto; el agotamiento que llevaba consigo el principio de la decadencia y un temor escondido, todavía no manifiesto, quizá ni siquiera conocido: el temor a la vejez, al otoño, a la muerte.

Siddharta se había despedido de Kamala sollozando, con el alma acongojada y llena de profundo temor. Después Siddharta había pasado la noche en su casa, bebiendo vino entre las bailarinas, siempre pretendiendo ser superior a sus semejantes, aunque en realidad no lo era; bebió demasiado vino y, pasada la medianoche, cansado y excitado a la vez, buscó el lecho con ansias de llorar, desesperado. Durante largo tiempo procuró en vano conciliar el sueño, pero su corazón se encontraba repleto de una pena insoportable, de un asco profundo por el vino demasiado fuerte, por la música demasiado suave y monótona, por la sonrisa empalagosa de las bailarinas y el perfume dulzón de sus cabellos y sus senos. No obstante, lo que más rechazaba era su propia persona, su pelo perfumado, su boca con aliento alcohólico, su piel cansada, marchita, deshidratada.

Como cuando uno come y bebe con exceso y vomita dolorosamente, sintiendo después un gran alivio, así también Siddharta, sin conseguir conciliar el sueño, deseaba, en medio de multitud de hastíos, deshacerse de esos placeres, esas costumbres, de toda su vida inútil, e incluso de sí mismo. Por fin, al amanecer, cuando la ciudad empezaba a despertarse, consiguió adormecerse unos instantes y tuvo un sueño. Su sueño fue así:

En una jaula de oro, Kamala poseía un exótico pajarillo cantor. Soñó con ese pájaro. De madrugada, el pájaro se encontraba en silencio, lo que llamó su atención, pues siempre cantaba a esa hora; se acercó y vio al pequeño pájaro muerto en el suelo de la jaula. Lo sacó, lo acarició un momento entre sus manos y en seguida lo arrojó a la calle; en ese mismo instante se asustó terriblemente y sintió que el corazón le dolía tanto como si con el pájaro muerto hubiera arrojado todo lo bueno y valioso de su vida.

Al despertar, se sintió invadido por una profunda tristeza. Toda su vida pasada le parecía sin valor y sin sentido. No le había quedado nada viviente, nada que poseyera la exquisitez, nada que mereciese la pena guardar. Se encontraba solo y vacío, como un náufrago en una playa desierta.

Con paso triste marchó Siddharta hacia un parque que le pertenecía, cerró la reja y se sentó bajo un árbol de mango. En su corazón sentía horror y la muerte reinaba en su alma. Se sintió agonizante, acabado. Ordenó sus pensamientos y recorrió con la mente todo el camino de su vida, desde los primeros días que aún podía recordar. ¿Cuándo había disfrutado de felicidad, de una auténtica alegría? Sí, varias veces. En sus años de adolescente la había sentido, cuando ganaba el elogio de los brahmanes al aventajar a todos los chicos de su misma edad para recitar los versos sagrados; o en las discusiones con los sabios, o como ayudante en los sacrificios. Entonces oía decir a su corazón:

"Un sendero hay ante ti, que es tu vocación, los dioses te esperan."

Con mayor intensidad sintió ese gozo cuando sus meditaciones, cada vez más elevadas, lo habían hecho destacarse de entre la mayoría de los que como él buscaban la felicidad, cuando luchaba con ansia por sentir a Brahma, cuando a cada nuevo conocimiento se le despertaba una sed mayor en su interior. Entonces, en medio de aquella sed, en medio del dolor, había escuchado las mismas palabras:

"¡Adelante! ¡Adelante! ¡Es tu vocación!"

Esta voz la había oído al abandonar a sus padres para elegir la vida de samana, y otra vez, al ir de los samanas hacia aquel ser perfecto, y nuevamente al dejar el majestuoso rumbo a lo desconocido. ¿Desde cuándo había dejado de escuchar la voz? Contento con los pequeños placeres, pero nunca satisfecho, había pasado mucho tiempo sin oír la voz, sin alcanzar ninguna cima; durante largos años, el camino había sido monótono y llano, sin alta meta, sin sed, sin elevación. Sin saberlo siquiera, el propio Siddharta se había esforzado por parecer un ser humano como todos los que lo rodeaban, pero la vida de él era mucho más mísera y pobre que la de ellos; sus fines no eran los de él, ni tampoco sus preocupaciones. Todo aquel mundo de Kamaswami, para Siddharta tan sólo había sido un juego, un baile, una comedia. Unicamente había apreciado y amado a

Kamala. Pero ¿aún la necesitaba, o Kamala lo necesitaba a él? ¿No jugaba un juego sin fin? ¿Era necesario vivir para eso?

¡No, no lo era! Ese juego se llamaba SANSARA, un juego de niños, divertido para jugar una vez, dos, diez veces... ¿pero jugarlo incesantemente?

Siddharta comprendía que el juego había llegado a su fin, que ya no podía jugar. Estremecióse y sintió que en su interior algo había muerto.

Todo aquel día lo pasó sentado bajo el árbol, pensando en su padre, en Govinda, en Gotama. ¿Había abandonado a aquéllos para convertirse en un Kamaswami? Al anochecer aún seguía sentado. Al levantar la mirada y observar las estrellas, pensó:

"Heme aquí sentado bajo el árbol, bajo el mango, en mi parque."

Sonrióse un poco.

"¿Pero es necesario? ¿No es un juego absurdo el poseer un mango, un jardín?"

Para él, esto ya había terminado. También esto había muerto. Se levantó y se despidió del mango y del parque. Como había pasado el día sin comer, sentía un hambre feroz; pensó en su casa de la ciudad, en su habitación, en su cama, en su mesa repleta de viandas. Cansado, sonrió, movió la cabeza y se despidió de todo ello.

Esa misma noche Siddharta abandonó la ciudad y nunca más volvió a ella. Durante mucho tiempo Kamaswami ordenó buscarle, pues creía que había caído en manos de los bandoleros.

Kamala no lo buscó. Cuando supo que Siddharta había desaparecido, ni siquiera se sorprendió. ¿No lo había sabido siempre? ¿No se trataba de un samana, de un hombre sin patria, de un peregrino? Se dio cuenta perfectamente de ello en el último encuentro; y en medio del dolor por aquella pérdida, se alegraba de que todavía la última vez la hubiera estrechado con ardor contra su pecho, y de haber sentido una vez más cómo Siddharta la poseía y cómo Kamala se fundía con él.

Cuando recibió la noticia de la desaparición de Siddharta, se acercó a la ventana en que tenía la jaula de oro con el exótico pájaro cantor. Abrió la portezuela, sacó el pájaro y lo dejó volar libremente. Durante largo tiempo siguió con la mirada el vuelo del ave.

A partir de ese día, Kamala ya no recibió más visitas, y cerró su casa. Después de un tiempo se dio cuenta de que había quedado encinta después del último encuentro con Siddharta.

VIII

A ORILLAS DEL RIO

YA LEJOS de la ciudad, Siddharta caminó por el bosque. Sólo sabía una cosa con certeza: que no podía volver, que la vida que había llevado durante años había pasado, concluido y que la había gozado hasta hastiarse.

Había muerto el pájaro cantor. Su muerte, la que había soñado, era la muerte de su propio corazón. Fue un profundo cautivo del SANSARA, se saturó de asco y muerte por todas partes, como una esponja absorbe agua hasta empaparse. Siddharta estaba lleno de fastidio, de miseria, de muerte; ya no existía nada en el mundo que pudiese alegrarlo o consolarlo.

Con pasión ansiaba sumirse en el olvido, permanecer tranquilo, muerto. "Que caiga un rayo y me mate —pensaba—. ¡Que venga un tigre y me coma! ¡Que tome un vino, un veneno que me adormezca, que haga olvidar y dé un sueño sin final! ¿Queda alguna suciedad con la que todavía no me haya mancillado? ¿Un pecado o una necedad que no haya co-

metido? ¿Había alguna mala acción que no hubiera
cometido voluntariamente? ¿Era posible continuar
viviendo? ¿Era posible respirar y aspirar una y otra
vez, sentir hambre, volver a comer, dormir, permanecer junto a una mujer? ¿No se había agotado ya
ese círculo para Siddharta?"

Llegó justo a la orilla del gran río del bosque, el
mismo que había atravesado en la balsa del barquero cuando todavía era joven y venía de la ciudad de
Gotama. Se detuvo vacilante a la orilla del río. El
cansancio y el hambre lo habían debilitado. ¿Para
qué seguir adelante? ¿Hacia dónde ir? ¿A qué destino? No, ya no existían objetivos; lo único que pal-
pitaba era una ansiedad profunda y dolorosa de
arrojar ese sueño confuso, de escupir ese vino ran-
cio, de terminar esa vida miserable y vergonzosa.

Un árbol se inclinaba sobre la ribera del río: era
un cocotero, en cuyo tronco apoyó Siddharta el hombro: Siddharta se abrazó a él y observó el agua verde que se deslizaba a sus pies; miró hacia abajo y
sintió deseos de soltarse y sumergirse bajo el agua.
Un vacío estremecedor se reflejaba entre las ondas,
al que replicaba el terrible hueco de su alma. Sí,
estaba acabado. Sí, para Siddharta, con la vida des-
trozada y sin meta, con su formación malograda, ya
no quedaba otra solución que lanzar su existencia a
los pies de los dioses con una sonrisa irónica.

Ese era su deseo: ¡La muerte, la destrucción de la
forma odiada! ¡Que los peces devoren ese perro de
Siddharta, ese demente, ese cuerpo desmantelado y

podrido, esa alma decadente y mal empleada! ¡Que los peces y los cocodrilos lo devoren! ¡Que los demonios lo descuarticen!

Con el rostro desencajado clavó su vista en el agua: al ver el reflejo de su cara escupió en el agua. Lleno de abatimiento separó el brazo que apoyaba en el tronco y se volvió un poco para deslizarse y hundirse de una vez para siempre. Se inclinó hacia la muerte con los ojos cerrados.

En ese instante sintió llegar una voz desde remotos lugares de su alma, del pasado de su agotada existencia. Era una palabra, una sílaba que repetía maquinalmente una voz balbuciente: se trataba de la vieja palabra, principio y fin de todas las oraciones de los brahmanes: el sagrado OM, que significa "lo perfecto" o "la perfección". Y en el momento en que la palabra OM alcanzó el oído de Siddharta, se despertó repentinamente su espíritu adormecido y reconoció la necedad de su intención.

Siddharta se horrorizó profundamente, y pensó cómo había podido llegar hasta aquel punto; se encontraba perdido, confuso, abandonado de toda sabiduría. Había intentado encontrar la muerte. Un deseo tan fútil había podido crecer en su interior: ¡encontrar la paz apagando su vida! Lo que no habían logrado la tortura de los últimos días y la desesperación, lo consiguió el OM al penetrar en su conciencia. Siddharta reconoció su miseria y su error.

—OM —repetía en su interior—, OM.

Y de nuevo volvió a tener conciencia del Brahma, del carácter indestructible de la vida, de la divinidad, de todo lo que había llegado a olvidar.

Pero fue una iluminación momentánea, como un rayo. Siddharta se desvaneció al pie del cocotero, quedó su cabeza junto a la raíz y durmió profundamente.

Su sueño era hondo y libre de pesadillas; hacía mucho tiempo que no conseguía dormir así. Cuando despertó, después de varias horas, le pareció que habían pasado diez años. Oyó el suave murmullo del agua sin recordar dónde y por qué se encontraba allí. Al mirar hacia arriba, se sorprendió de ver los árboles y el firmamento. En eso recordó lo que lo había traído hasta allí y sintió deseos de permanecer así por largo tiempo. El pasado le parecía ahora cubierto por un velo. Lo veía remoto y sin importancia. Su vida pasada le pareció, al momento de despertar, que había sido una encarnación remota, una especie de nacimiento anterior a su yo actual. De ella sólo recordaba que había terminado, que había experimentado tal náusea y abyección, que había deseado destruirla, pero que había recobrado el sentido junto al río, bajo el cocotero, al pronunciar con sus labios la sagrada palabra OM y ahora se despertaba y contemplaba el mundo como un ser nuevo.

Con voz baja pronunció el vocablo, con el que se había quedado adormecido; le pareció que en todo su largo sueño no había hecho otra cosa que hablar del OM, pensar en el OM, hundirse y penetrar en el OM, en lo indecible, en lo perfecto.

¡Qué sueño tan maravilloso! ¡Jamás le había refrescado tanto un sueño, renovado y rejuvenecido! Acaso estaba muerto realmente... ¿Se habría ahogado y había vuelto a nacer en una nueva encarnación? Pero no, Siddharta se reconocía: sus manos y sus pies, el lugar donde se encontraba, el yo en su interior, el Siddharta caprichoso, raro; no obstante, Siddharta había cambiado, se había renovado, se encontraba notablemente descansado, despierto, alegre y curioso.

Siddharta se incorporó y vio frente a él a una persona: un forastero, un monje vestido con la túnica amarilla y la cabeza afeitada, en postura de meditación. Contempló al hombre, que no tenía cabello ni barba, y no tardó mucho en advertir que el monje era Govinda, el amigo de su juventud. Govinda, el que se había refugiado en el majestuoso Buda.

También Govinda había envejecido como él, pero su rostro aún mantenía los mismos rasgos, expresaba diligencia, lealtad, búsqueda y temor. Y cuando Govinda levantó la mirada al sentirse observado, Siddharta se dio cuenta inmediatamente de que su amigo no lo reconocía. Govinda se alegró al verlo despierto; evidentemente hacía mucho tiempo que esperaba que despertase, aunque no lo conocía.

—Me he dormido —manifestó Siddharta—. ¿Cómo has llegado hasta aquí?

—Sí, te he visto dormir —contestó Govinda—, y

no es muy recomendable hacerlo en estos sitios, pues a menudo hay serpientes, y además animales merodeando. Yo, señor, soy un discípulo del majestuoso Buda, del Sakia Muni; pasaba por aquí en peregrinación con otros de mis compañeros, cuando te vi dormir en lugar tan peligroso. Por ello intenté despertarte, joven, y al comprobar que tu sueño era muy profundo, me rezagué y me senté a tu lado. Y mientras vigilaba tu sueño, creo que yo también me he dormido. Mal cumplí mi servicio, pues el cansancio me venció. Pero ya que ahora estás despierto, dame licencia para reunirme con mis compañeros.

—Te agradezco mucho, samana, que hayas vigilado mi sueño —contestó Siddharta—. Los discípulos del majestuoso sois muy amables. Ahora ya puedes irte.

—Me marcho, con tu permiso. Que el Señor conserve tu salud.

—Gracias, samana.

—Govinda hizo la señal del saludo y se despidió:

—Adiós.

—Adiós, Govinda —contestó Siddharta.

El monje se detuvo.

—Permíteme, señor. ¿De dónde conoces mi nombre?

Siddharta sonrió.

—Govinda, te conozco de la casa de tu padre y de la escuela de los brahmanes, de los sacrificios, de nuestro viaje con los samanas y de aquella hora cuando tú en el bosque de Jatavana juraste seguir al majestuoso.

—¡Eres Siddharta! —exclamó Govinda—. Ahora te reconozco y no comprendo cómo no me di cuenta inmediatamente. Bien venido, Siddharta. Siento un gran gozo al volver a verte.

—También yo me alegro de verte otra vez. Has vigilado mi sueño: gracias te doy nuevamente, aunque no hubiera necesitado custodia. ¿Hacia dónde vas, amigo?

—No me dirijo a ningún sitio determinado. Los monjes siempre peregrinamos, mientras no es la estación de las lluvias; caminamos de un sitio a otro, vivimos según la regla, pregonamos la doctrina, recibimos limosnas y continuamos nuestro viaje. Siempre así. ¿Pero tú, Siddharta, adónde vas?

Contestó Siddharta:

—Yo hago lo mismo que tú, amigo. No voy a ninguna parte. Sólo estoy en camino. Soy un peregrino.

Govinda replicó:

—Dices ser un peregrino, y te creo. Pero perdóname, Siddharta, no tienes aspecto de peregrino, llevas ropajes de hombre rico, calzas zapatos de aristócrata, y tu cabello perfumado no es el de un samana.

—Muy bien, amigo, has observado con agudeza, no has perdido detalle. Pero yo no he dicho que sea un samana. Tan solo dije que soy un peregrino. Y así es.

—Es posible —respondió Govinda—. Pero pocos peregrinan con esas ropas, con esos zapatos, con esos cabellos. Jamás he encontrado un peregrino así, en todos los años que camino.

—Te creo, Govinda. Pero hoy has encontrado un peregrino vestido de esta manera. Acuérdate, amigo, que el mundo de las formas es pasajero, temporal, sobre todo con nuestros vestidos, nuestro cabello y todo nuestro cuerpo. Visto como un rico, has observado bien. Esto se debe a que he sido rico. Y mis cabellos están arreglados a la usanza de los mundanos y los libertinos, porque he sido uno de ellos.

—¿Y ahora, Siddharta? ¿Qué eres ahora?

—No lo sé. Lo ignoro tanto como tú. Estoy en camino. He sido un potentado y ya no lo soy. Y no sé lo que seré mañana.

—¿Te has arruinado?

—Perdí mis riquezas o ellas me perdieron a mí. No lo sé. Govinda, la rueda de las apariencias gira con extremada rapidez. ¿Dónde se haya el brahmán Siddharta? ¿Dónde se encuentra el samana Siddharta? Lo temporal cambia rápidamente, Govinda, tú bien lo sabes.

Govinda contempló durante largo tiempo al amigo de su juventud, y en sus ojos apareció una duda. Entonces lo saludó como se saluda a los aristócratas y se puso en camino.

Siddharta, con el rostro sonriente, lo siguió con la mirada. ¡Todavía amaba a ese hombre fiel y temeroso! ¿Cómo habría sido posible no amar a nadie

o a nada después de un sueño tan maravilloso, tan
lleno como estaba de la serenidad del OM? Lo maravilloso estaba precisamente allí: en el sueño se
le había preparado para amarlo todo; sentía gran
amor hacia todo lo que contemplaba. Justamente lo
contrario a su enfermedad anterior. Ahora lo comprendía: el no saber amar a nada ni a nadie.

Siddharta observaba sonriente al monje que se ale-
jaba. El sueño lo había hecho recuperar las fuerzas,
pero aún sentía los aguijones del hambre, ya que
ahora hacía dos días que no comía y lejos se encontraban los días en que solía ayunar. Con inquietud,
pero feliz, recordó aquel pasado.

Recordó cómo había alardeado ante Kamala las
tres artes que antes dominara: ayunar, esperar, pensar. Esta había sido su fortuna, su poder y su fuerza.
Había aprendido esas artes en los penosos y difíciles
años de su juventud. Y ahora le habían abandonado,
ninguna de las tres artes le pertenecían ya: ni el
ayunar, ni el esperar, ni el pensar. ¡Las había tro-
cado por lo más miserable y pasajero, por los delei-
tes de los sentidos, el bienestar físico, las riquezas!
Realmente le había sucedido algo extraño. Y ahora
le pareció que realmente pertenecía al común de los
mortales.

Siddharta reflexionó acerca de su situación. Pensaba con dificultad. En el fondo no le apetecía hacerlo, pero se obligó a sí mismo.

Pensó: "Ahora que por fin me han abandonado
todas las cosas pasajeras, ahora que vuelvo a estar

bajo el sol, como cuando fui un chiquillo, me doy cuenta de que no sé nada, de que no soy capaz de nada, de que no he aprendido nada. ¡Qué raro es todo esto! Ahora voy a empezar de nuevo, como un niño, a pesar de que ya no soy joven y que mis cabellos empiezan a encanecer —sonrió otra vez—. Sí, tu destino será muy singular."

Después de haberse perdido, Siddharta volvía a encontrarse en este mundo y se veía vacío, desnudo e ignorante. Y, sin embargo, no podía sentir pena por lo sucedido. No. Al contrario, tenía deseos de reír, de burlarse de sí mismo, de chancearse de todo ese mundo tan necio y tan absurdo.

"Haces las cosas al revés!", se acusó a sí mismo, mientras se echaba a reír.

Al pronunciar estas palabras, miró al río, que también se deslizaba por una pendiente, siempre hacia abajo, sin dejar de estar alegre y de canturrear. Esto gustó a Siddharta que sonrió amablemente al río. ¿No era el mismo río en el que había querido ahogarse, hacía tiempo ya, quizá unos cien años? ¿O tal vez lo soñó?

Siddharta continuó meditando: "Realmente mi vida ha seguido un curso muy especial, dando muchos rodeos. De chiquillo sólo oía hablar de dioses y sacrificios. De mozo sólo me entretenía con ascetas, pensamientos, meditaciones, buscando a Brahma, venerando al eterno ATMAN. Ya de joven seguí a los ascetas, viví en el bosque, sufrí calor y frío, aprendí a pasar hambre, aprendí a vencer mi cuerpo. Entonces la doctrina del gran Buda me pareció una maravilla; sentí circular en todo mi interior todo el sabor de la unidad del mundo, como si se tratara de mi propia sangre. No obstante, tuve que alejarme del mismo Buda y del gran saber. Me fui y aprendí el arte del amor con Kamala, el comercio con Kamaswami; amontoné dinero, lo malgasté, aprendí a contentar mi estómago, a lisonjear mis sentidos. He necesitado muchos años para perder mi espíritu, para olvidarme del pensar y la unidad.

¿No es cierto que lentamente, con muchos rodeos, me transformé de hombre en niño? ¿De filósofo en persona vulgar? Y a pesar de todo, ha sido bueno el camino, no ha muerto completamente el pájaro que se alberga en mi interior. Pero, ¡qué camino es ése! he tenido que sobrevivir a tanta ignorancia, vicio, error, asco y desengaño, tan sólo para volver a ser un hombre que no piensa, como los niños, y así poder empezar de nuevo. No obstante, todo ha ido bien, mi corazón se alegra, mis ojos ríen. He tenido que sufrir con desesperación, me he visto obligado a rebajarme hasta la idea más necia, la del suicidio para poder recibir la gracia de sentir el OM, para volver a dormir bien y despertarme mejor. Tuve que convertirme en un ignorante para poder encontrar al ATMAN en mi interior. He tenido que pecar para volver a resucitar.

"Hacia dónde me seguirá conduciendo este camino? Mi sendero sigue un itinerario absurdo, da rodeos, y quizá también vueltas. ¡Que siga por donde quiera! ¡Yo lo seguiré!"

Sintió su pecho desbordante de felicidad.

"De dónde sale esa alegría tan grande? —preguntó a su corazón—. ¿Acaso viene de ese largo sueño, que tanto bien me hizo? ¿O proviene de la palabra OM, que pronuncié? ¿O acaso es porque he conseguido escapar, he logrado la fuga y por fin me encuentro otra vez libre, como un chiquillo bajo el cielo?

"¡Qué maravilla es poder huir, ser libre! ¡Qué aire más limpio y puro se respira aquí! ¡Qué delicia aspirarlo! Allí, de donde escapé, todo olía a cremas, especias, vino, saciedad, ocio. ¡Cómo odiaba ese mundo de ricos, vividores y jugadores! ¡Cómo me aborrecía, me robaba, envenenaba, torturaba, envejecía y maldecía! ¡No, jamás creeré en mí, como antes, cuando me gustaba pensar que Siddharta era un sabio! Sin embargo, ahora sí que he obrado bien; ¡me gusta, puedo estar satisfecho de mí mismo! Ahora termina el odio contra mí, contra esa vida necia y monótona! Te felicito, Siddharta, ya que después de tantos años de ocio has vuelto a tener una nueva idea, has obrado, has oído cantar al pájaro en tu pecho, ¡y le has seguido!"

De esta forma se elogió y se sintió satisfecho de sí mismo, a la vez que oía los rugidos del hambre en su estómago. Había sentido, había apurado hasta el final su porción de miseria, de tristeza durante su vida pasada hasta la desesperación y la muerte. Y después había lanzado todo esto fuera de sí.

Así era mejor. Hubiera podido permanecer mucho más tiempo con Kamaswami, ganar dinero, derrocharlo, hinchar su barriga y dejar que su alma muriese de sed; habría podido vivir todavía mucho tiempo en aquella mullida voluptuosidad, si no le hubiera llegado el momento del desconsuelo total, de la desesperación. Fue aquel instante, cuando se balanceaba sobre la corriente del agua, dispuesto a destruirse. Había experimentado esa desesperación, esa profunda repugnancia, pero no se había dejado vencer; el pájaro, la fuente y la voz de su interior continuaban con vida. Esa era su alegría, su risa; por eso brillaba su rostro bajo las canas.

"Es bueno, pensó, probar personalmente todo lo que hace falta aprender. Desde niño, desde mucho tiempo, sabía que los placeres mundanos y las riquezas no acarreaban ningún bien: pero ahora lo había vivido. Y ahora lo sé, no sólo porque me lo enseñaron, sino porque lo han visto mis ojos, mi corazón, mi estómago. ¡Qué bello es saberlo!"

Mucho tiempo permaneció meditando acerca del cambio que se había producido en su ser. Escuchó al pájaro que trinaba alegre. ¿Si hubiera muerto el pájaro en su interior, también él habría parecido? No; en Siddharta había muerto algo muy distinto, que desde hacía tiempo deseaba que sucumbiera. ¿No era lo mismo que en sus ardientes años de asceta había querido apagar? ¿No era su yo, el yo pequeño, temeroso, orgulloso, con que había luchado durante tantos días, el que siempre lo vencía, el que después de cada penitencia, volvía a surgir, y le quitaba la alegría, y le daba temor? ¡Acaso no era eso lo que por fin hoy había muerto, allí en el bosque, junto a ese río idílico! ¿No era esa muerte por lo que Siddharta había vuelto a ser un niño y sintió confianza, alegría y temeridad?

Ahora también comprendió por qué había luchado inútilmente contra ese yo, mientras era brahmán o asceta. ¡Se lo había impedido el exceso de sabiduría, de versos sagrados, de reglas para sacrificios, de mortificaciones, el exceso de fervor! Con arrogancia, siempre había sido el primero, el más inteligente, el más sabio, el más diligente; siempre se encontraba un paso más adelante de los demás compañeros, sabios, sacerdotes o eruditos. Su yo se había escondido en ese sacerdocio, en aquella erudición e intelectualidad; estaba allí y crecía, mientras Siddharta creía apagarlo con ayunos y penitencias. Ahora se daba cuenta y observaba que la voz secreta tenía razón: ningún profesor lo podría haber redimido.

Por ello tuvo que lanzarse al mundo, perderse entre los placeres y el poder, la mujer y el dinero; se había tenido que convertir en comerciante, jugador, bebedor, glotón, hasta que el brahmán y el samana de su interior se murieran. Por tal causa había tenido que soportar esos años monstruosos, ese hastío, vacío y absurdo de una vida monótona

y perdida, hasta que, por fin, como una desesperación, el vividor y el Siddharta ávido habían llegado
a sucumbir. Muerto, un nuevo Siddharta había re-
sucitado. También éste se volvería viejo, también
tendría que morir algún día; Siddharta era transitorio, como pasajera toda forma. Pero hoy era joven, era como un chiquillo, un nuevo Siddharta.
Estaba lleno de alegría.

Meditaba todas estas cosas, escuchaba sonriente
a su estómago y agradecía el zumbido de una abeja.
Miraba con alegría la corriente del río: jamás río
alguno le había gustado tanto, jamás había oído
rumor más bello ni visto corriente más hermosa. Le
parecía que ese río poseía algo especial, algo que
aún desconocía, pero que le esperaba. En ese río
se había querido ahogar Siddharta, y en él había
sucumbido el Siddharta viejo, cansado, desesperado. Sin embargo, el nuevo Siddharta sentía por esa
corriente un profundo amor que lo hizo decidir no
dejarlo con prisas.

TERCERA PARTE

IX

EL BARQUERO

"Junto a este río deseo quedarme —pensó Siddharta—. Es el mismo por el que un amable barquero
me condujo al camino de la ciudad. Me dirigiré a
su vivienda. Desde su choza me encaminé entonces
hacia una nueva vida, que ahora ya está vieja y
muerta. ¡Que mi nuevo camino también empiece
desde allí."

Observaba la corriente con cariño, su verde trans-
parencia, sus ondas cristalinas, con dibujos mara-
villosos. Contempló las perlas claras que subían desde el fondo, las burbujas que flotaban en la superficie, el espejo del azul del cielo. El río también
lo miraba con sus mil ojos, verdes, blancos, amba-
rinos, celestes. ¡Cuánto amaba aquella corriente!
¡Cómo le encantaba! ¡Cuántas cosas le agradecía!
Desde el interior de su corazón escuchaba la voz
que despertaba de nuevo y le decía:

"¡Ama este río! ¡Quédate cerca de él! ¡Aprende
de él!"

¡Oh, sí! Siddharta quería aprender del río, deseaba escucharlo. Le parecía que quien compren-

diera a esta corriente y sus secretos, también entendería muchas otras cosas, muchos secretos, todos los misterios.

Hoy únicamente podía conocer un secreto del río: el que se apoderó de su alma. Se daba cuenta de que el agua corría siempre, se deslizaba, y que, sin embargo, siempre se encontraba allí, en todo momento. ¡Y no obstante, siempre era agua nueva! ¿quién podía comprenderlo? Siddharta no; tan sólo tenía un vislumbre, escuchaba un recuerdo lejano, unas voces divinas.

Siddharta se levantó. El rugido del hambre en el estómago se hacía insoportable. Mientras sufría, continuó su camino, a lo largo de la ribera, contra la corriente, escuchando el rumor de la corriente y los alaridos de su estómago.

Cuando llegó a la lancha de cruce, la halló dispuesta para la salida. A su lado estaba el mismo barquero que había conducido al joven samana. Siddharta lo reconoció al momento; también el barquero había envejecido mucho.

—¿Quieres pasarme? —preguntó.

El barquero se sorprendió al ver a un hombre tan distinguido viajar solo y a pie. Lo acogió en su barca y abandonó la orilla.

—Has elegido una vida muy bella —declaró el viajero—. Debe ser muy hermoso vivir junto a estas aguas y deslizarse por su superficie.

El remero se balanceó sonriente y repuso:

Es hermoso, señor, como tú dices, ¿pero acaso no es bella la vida toda y todos los trabajos?

—Quizá. Pero yo envidio el tuyo.

—¡Oh! Pronto te cansarías; esto no es para gentes elegantes.

Siddharta sonrió.

—Es la segunda vez que he sido juzgado por mis ropajes y además con desconfianza. ¿No te gustaría aceptarlos, barquero, puesto que a mí me molestan? Debes saber que no tengo con qué pagarte.

—El señor bromea —dijo el barquero, festivo.

—No bromeo, amigo, mira, ya una vez crucé en tu barca por el río, gracias a tu bondad. Hazlo también hoy y acepta mis vestidos como pago.

—¿Y el señor piensa seguir su viaje sin vestidos?

—Lo que me gustaría es no proseguir el viaje. Lo que más desearía, barquero, es que me dieras un delantal y así podría quedarme como ayudante tuyo, o mejor, como tu aprendiz, pues primero debo aprender a llevar la barca.

El barquero observó largamente al forastero, como si buscara algo.

—Ahora te reconozco —manifestó por fin—. En otra ocasión dormiste en mi choza, hace mucho tiempo, quizá más de 20 años. Yo te llevé al otro lado del río y nos despedimos como buenos amigos. ¿No eras entonces un samana? Tu nombre no lo recuerdo.

—Me llamo Siddharta, y era un samana cuando me viste por última vez.

—Bien venido seas, Siddharta. Yo me llamo Vasudeva, espero que también hoy seas mi huésped, que duermas en mi choza y me cuentes de dónde vienes y por qué te molestan tus elegantes ropajes.

Habían ya cruzado la mitad del río y Vasudeva tuvo que remar con más vigor por la fuerza de la corriente. Trabajaba con tranquilidad, y bogaba con la mirada fija en la proa de la barca, con los brazos curtidos.

Desde donde se encontraba sentado, Siddharta lo observaba. Recordó entonces que antes, en sus últimos días de samana, había sentido afecto por aquel hombre. Agradecido, aceptó la invitación de Vasudeva. Al llegar a la orilla lo ayudó a atar la barca. Después el barquero lo invitó a entrar en la cabaña y le ofreció pan y agua. Siddharta comió con gusto, como también los frutos del mango, que el barquero le ofreció.

Al atardecer, se sentaron ambos en un tronco, junto a la orilla del río, y Siddharta contó al barquero su origen y su vida, tal y como la había visto hoy en aquella hora de desesperación. El relato duró hasta altas horas de la noche.

Vasudeva escuchó con suma atención. Escuchó todo: el origen, la niñez, todo el aprendizaje, la búsqueda, la alegría y la miseria. Entre las muchas virtudes del barquero, destacaba la de saber escuchar como pocas personas. Siddharta notó que Vasudeva, sin articular palabra, asimilaba todas sus explicaciones, con tranquilidad e interés, sin perder una sola palabra, sin impaciencias, sin críticas ni elogios: únicamente escuchaba.

Siddharta sintió la felicidad de contar con tal oyente, que se compenetraba de su propia vida, su propia búsqueda, su propio sufrimiento.

Al finalizar el relato, sin embargo, cuando habló del árbol junto al río y de su profundo desfallecimiento, del sagrado OM y de cómo después del sueño se había sentido mucho mejor, el barquero redobló su atención, totalmente entregado y los ojos entrecerrados.

Cuando terminó Siddharta, después de una larga pausa, Vasudeva dijo:

—Tal como lo imaginaba. El río te ha hablado. También es amigo tuyo, también te habla. Esa es una buena señal. Muy buena. Quédate conmigo, Siddharta, amigo. Tenía una esposa, su cama está junto a la mía; pero ha muerto hace ya mucho tiempo. Desde entonces he vivido sólo. Ven a vivir conmigo; hay sitio y comida para ambos."

—Te lo agradezco —declaró Siddharta—. Te lo agradezco y acepto tu invitación. También te doy las gracias por haberme escuchado tan bien. Pocas personas saben escuchar y jamás había encontrado a alguien que lo hiciera como tú. También quiero aprender esto de ti.

—Lo aprenderás —contestó Vasudeva— pero no de mí. El río me lo enseñó a mí y también a ti te lo enseñará. El río lo sabe todo y todo se puede aprender de él. Del río ya has aprendido que es necesario lanzarse hacia abajo, descender, buscar los bajos fondos. El rico y distinguido Siddharta se convierte en remero; el sabio brahmán se convierte en barquero. El río te ha enseñado esto. También lo demás lo aprenderás del río.

Después de un largo silencio, preguntó Siddharta:

—¿Qué más hay que aprender del río, Vasudeva?

—Se ha hecho tarde, contestó Vesudeva levantándose. —Vayamos a dormir. No puedo decirte lo que es el "resto", amigo. Ya lo sabrás, quizá ya lo sabes. Mira, yo no soy un sabio, ni sé hablar, ni sé pensar. Sólo sé escuchar y ser piadoso: no he aprendido otra cosa. Si supiera hablar y enseñar, tal vez sería un maestro; así, sin embargo, sólo soy un barquero y mi deber es cruzar a la gente por este río. He cruzado a muchos, a miles y para todos ellos mi río sólo ha sido un obstáculo más en su camino. Viajaban por dinero y negocios, iban a bodas y romerías. El río se interponía en su camino y el barquero estaba allí para ayudarlos a trasponer el obstáculo. Pero para algunos, entre aquellos miles, el río dejaba de ser un obstáculo; muy pocos han oído su voz, la han escuchado y el río se ha convertido para ellos en algo sagrado, como lo es para mí. Y ahora, vayamos a descansar, Siddharta.

Siddharta se quedó con el barquero y aprendió a manejar la barca; si no había trabajo con la barca, Vasudeva y él trabajaban en el campo de arroz, recogían la madera, cosechaban los frutos del bananero. Aprendió a fabricar un remo, a reparar la embarcación y a tejer cestos. Estaba alegre por todo lo que aprendía, y los días y los meses se deslizaban con rapidez.

Pero el río le enseñaba más de lo que Vasudeva le instruía. Le enseñaba continuamente. Ante todo le enseñó a escuchar, a atender con el corazón quieto, con el alma serena y abierta, sin apasionamiento, sin deseo, sin juicio, sin opiniones.

Le gustaba vivir al lado de Vasudeva y a veces intercambiaban algunas palabras, pocas, pero bien pensadas. Vasudeva no era amigo de las palabras: pocas veces lograba hacerlo hablar.

Cierta vez le preguntó:

—¿También has aprendido del río el secreto de que el tiempo no existe?

Una amplia sonrisa iluminó el rostro de Vasudeva.

—Sí, Siddharta —contestó—. ¿Quieres decir que el río está en todas partes al mismo tiempo? ¿En su fuente y en la desembocadura, en la cascada, en el embarcadero, en la corriente, en el océano, en las montañas, en todo a la vez? ¿Y que para él sólo existe el presente y desconoce las sombras del pasado y del futuro?

—Eso es —repuso Siddharta—, y cuando lo descubrí, repasé mi vida que era como un río, y que Siddharta el niño, Siddharta el hombre maduro y Siddharta el viejo estaban separados por sombras, no por nada real. Y tampoco los nacimientos anteriores de Siddharta eran pasado, como tampoco su muerte y su renacimiento al Brahma están en el futuro. Nada fue ni será; todo tiene presente y esencia. Siddharta hablaba encantado. Este descubrimiento lo había hecho muy feliz. ¿Pero acaso no era cierto que el sufrimiento sólo existía en el tiempo, como también el temor y la tortura? Al superar el tiempo, al anularlo, ¿no se vencían todas las dificultades y los males de este mundo? Había hablado gozoso, pero Vasudeva únicamente le sonrió con el rostro iluminado, asintiendo con la cabeza. En silencio pasó su mano por el hombro de Siddharta y regresó a su trabajo.

Y otra vez, cuando en la estación de las lluvias el río crecía y el rugido aumentaba poderoso, manifestó Siddharta:

—¿Verdad amigo, que el río tiene muchas, muchísimas voces? ¿No posee la voz de un rey y de un guerrero, la de un toro y la de un pájaro nocturno, la de una pantera y la de un hombre que suspira y miles voces más?

—Así es —asintió Vasudeva—. Todas las voces de la creación están en el río.

—¿Y puedes descifrar lo que dicen —continuó Siddharta— cuando oyes las diez mil voces a la vez?

Vasudeva sonrió feliz: se inclinó hacia Siddharta y pronunció la sagrada palabra OM en su oído. Y esta era la palabra que Siddharta había oído.

Con el transcurrir del tiempo, la sonrisa de Sid-

dharta se asemejaba cada vez más a la del barquero: era casi igual de brillante, expresaba casi la
misma felicidad, iluminaba sus mil pequeñas arrugas, era equivalente en inocencia y en madurez.

Muchos de los viajeros, al ver a los dos barqueros los tenían por hermanos. Por la noche se sen-
taban a menudo en el tronco, junto a la orilla; en
silencio escuchaban el susurro del agua, que para
ellos ya no era la corriente, sino la voz de la vida,
de la existencia, del perpetuo devenir. Y a veces
ocurría que al escuchar ambos al río, pensaban en
las mismas cosas, en una conversación del día anterior, o en un viajero cuya cara y destino ocupaba
su mente, en la muerte, en su niñez. Y cuando el
río les decía algo bueno a los dos, se miraban mutuamente, con los mismos pensamientos, felices ante la misma respuesta por idéntica pregunta.

Algo emanaba de la barca y los barqueros que
muchos de los viajeros alcanzaban a percibir. A veces ocurría que un viajero, después de observar la
cara de los barqueros, empezaba a narrar su vida,
a contar sus pesares, a confesar sus pecados y ter-
minaba pidiendo consuelo y consejo. En otras ocasiones les pedían permiso para quedarse una noche
con ellos y así poder escuchar la voz del río. También sucedía que llegaban curiosos a los que les
habían contado que en ese lugar vivían dos sabios,
o magos, o santos. Los curiosos hacían muchas preguntas, pero no recibían contestación y tampoco
encontraban magos ni sabios. Sólo hallaban a dos

ancianos amables, que parecían mudos, algo raros
y seniles. Los curiosos se reían y comentaban entre
ellos la buena fe y la necedad de la plebe que pro-
pagaba rumores sin fundamento.

Los años pasaban y nadie se entretenía en con-
tarlos. Un día llegaron unos monjes, discípulos de
Gotama, del Buda, y pidieron que les cruzaran a la
otra orilla del río. Por ellos se enteraron los barqueros que la noticia había corrido de que el venerable Buda estaba enfermo de gravedad y que pronto
moriría su última muerte humana para alcanzar la
salvación.

Poco tiempo después, llegó un nuevo grupo de
monjes hasta la barca, y otro, y monjes y viajeros
no hablaban de otra cosa sino de Gotama y su pró-
xima muerte. De todas partes llegaba la gente atraí-
da como por arte de magia, para presenciar la muerte del gran Buda. Como si se tratara de una cam-
paña militar, o la coronación de un rey, todos como
abejas, atraídos por un imán, dirigían sus pasos hacia el lugar en donde debería suceder algo prodi-
gioso, hacia donde el más perfecto hombre de su
tiempo sufría la última agonía para pasar a la eternidad.

Durante esos días, Siddharta pensaba frecuentemente en el moribundo, en el gran profesor cuya
voz había despertado a millares de gentes: la voz
que un día Siddharta también escuchó con reverencia. Pensaba en él como en un viejo amigo. Veía el
camino de perfección ante sus ojos, y sonriendo re-

cordaba las palabras que de joven había dirigido al
majestuoso. Ahora le parecían orgullosas e imper-
tinentes: las recordaba sonriendo. Hacía mucho que
sabía que no se había separado de Gotama, a pesar
de no haber aceptado su doctrina. No, quien realmente
quiere encontrar y por ello busca, no puede aceptar
ninguna doctrina. Pero el que ha encontrado, puede
aceptar cualquier doctrina, cualquier camino u objetivo; a ésta ya no lo separa nada de los miles restantes que viven en lo eterno, que respiran lo divino.

Uno de esos días, cuando tantos peregrinaban hacia el Buda moribundo, también lo hizo Kamala,
que en otros tiempos fue la más bella cortesana.
Hacía ya tiempo que se había retirado de su vida
anterior. Había regalado su jardín a los monjes de
Gotama, había aceptado su doctrina y pertenecía al
grupo de mujeres bienhechoras de los peregrinos.
Junto con el pequeño Siddharta, su hijo, se había
puesto en camino al recibir la noticia de la próxi-
ma muerte de Gotama. Iba a pie y vestida con sencillez. Ya habían llegado a la orilla del río, pero
el niño se cansó pronto, quería regresar, descansar,
comer. Estaba impaciente y lloriqueaba. Kamala tuvo que detenerse varias veces, el pequeño era vo-
luntarioso y Kamala debía darle comida y consuelo. El niño no comprendía la razón de aquella penosa y triste peregrinación con su madre hacia un
lugar desconocido, hacia un hombre extraño. ¿Qué
le importaba que se muriera?

Los peregrinos no se encontraban lejos de la balsa de Vasudeva, cuando el pequeño Siddharta obligó a su madre a descansar. Kamala también se sentía cansada, y mientras el niño se comía un plátano, sentóse ella en el suelo, cerró un poco los ojos y se dispuso a descansar... Pero repentinamente Kamala lanzó un grito de dolor; el muchacho, sorprendido, vio horrorizado cómo debajo del vestido de su madre se asomaba la cabeza de una pequeña serpiente negra que acababa de morderla.

Los dos juntos echaron a correr en busca de alguien y pronto llegaron cerca de la barca. Allí se desplomó Kamala, sin poder seguir adelante. El niño abrazaba y besaba a su madre sin cesar de gritar; también Kamala pidió socorro hasta que sus gritos llegaron a oídos de Vasudeva, quien se encontraba a poca distancia. Se les acercó rápidamente, tomó a la mujer entre sus brazos y la llevó a la barca, mientras el pequeño corría a su lado. Pronto llegaron a la choza donde se encontraba Siddharta encendiendo el fuego de la cocina.

Lo primero que vio al levantar la vista fue al niño, quien, por alguna razón extraña, le recordaba cosas pasadas. Seguidamente contempló a Kamala, a quien reconoció inmediatamente, a pesar de encontrarse desmayada en brazos del barquero. Ahora comprendió por qué el rostro del pequeño había llamado su atención: era su propio hijo, y el corazón le dio un vuelco.

Lavaron la herida de Kamala, pero ya estaba negra. El vientre de la mujer se había hinchado. Le dieron a beber una tisana. Poco a poco Kamala volvió en sí; yacía en el lecho de Siddharta, en la choza. Inclinado a su lado se encontraba Siddharta a quien en otros tiempos tanto había amado.

Le parecía un sueño. Sonriente miró el rostro de su amigo. Lentamente se dio cuenta de la situación en que se encontraba. Recordó la mordedura... y llamó temerosa al pequeño.

—No te preocupes, está aquí —declaró Siddharta.

Kamala lo miró a los ojos. El habla se le dificultaba debido a la acción del veneno.

—Te has vuelto viejo, querido —dijo—. Tus cabellos ya son grises. Pero aún pareces el joven samana que se acercó a mi jardín sin vestido y con los pies polvorientos. Te asemejas más a él ahora que cuando nos abandonaste a Kamaswami y a mí. Sobre todo en los ojos, Siddharta. Sí, yo también me he vuelto vieja... ¿Me has reconocido?

Siddharta sonrió.

—Al instante, Kamala querida.

Kamala señaló a su hijo y continuó:

—¿Y a él? Es tu hijo.

Miró a su derredor con la vista extraviada y cerró los ojos.

El pequeño echóse a llorar. Siddharta lo sentó en sus rodillas y lo dejó que llorase. Acarició sus cabellos y al contemplar el rostro infantil, se acordó de una oración de los brahmanes que había

aprendido siendo niño. Empezó a recitarla lentamente, como un cántico; el pasado y la niñez le dic-
taban los versos. Con el canto monótono, el niño
se tranquilizó. De vez en cuando todavía lloriqueaba, pero por fin se durmió.

Siddharta lo depositó en la cama de Vasudeva.
El barquero se hallaba en la cocina y preparaba
un poco de arroz. Siddharta lo miró y Vasudeva
contestó con una leve sonrisa.

—Morirá —balbuceó Siddharta, en voz baja.

Vasudeva asintió con la cabeza. El fuego de la
cocina se reflejaba en su amable rostro.

Kamala volvió en sí. El dolor se reflejaba en
su semblante. Siddharta leyó el dolor en su boca y
en la palidez de sus mejillas. Lo leyó en silencio,
con atención, esperando, compartiendo su sufrimiento. Kamala estaba consciente de ello y lo buscó con
la mirada. Luego manifestó.

—Ahora me doy cuenta de que tus ojos también
han cambiado. Sí, completamente. ¿En qué conozco
que tú eres Siddharta? Lo eres y no lo eres.

Siddharta no habló. En silencio fijó sus ojos en
los de Kamala.

—¿Lo has conseguido? —preguntó Kamala—.
¿Has encontrado la paz?

Siddharta sonrió y colocó su mano sobre la de
Kamala.

—Ya me doy cuenta —continuó Kamala—. Ya
lo veo. Yo también encontraré la paz.

—La has hallado —repuso Siddharta en un susurro.

Kamala continuaba con la mirada fija en los ojos de Siddharta. Pensó que había querido peregrinar hacia Gotama para ver el rostro de una persona perfecta, para respirar la paz, y en vez de Gotama había encontrado a Siddharta. Pero todo había salido bien, como si hubiera visto al perfecto e iluminado. Quiso decírselo a Siddharta, pero la lengua ya no le obedecía.

Siddharta continuó contemplándola en silencio y vio la vida desvanecerse de sus ojos. Cuando el último dolor estremeció sus ojos y los veló al contraerse sus miembros por última vez, Siddharta con los dedos le cerró los párpados.

Durante mucho tiempo permaneció sentado mirando el rostro inerte de Kamala. Contempló su boca enjuta y vieja y se acordó de que en la primavera de su vida la había comparado con un higo recién abierto. Durante mucho tiempo leyó en el rostro pálido las arrugas del cansancio, se llenó de esa imagen y vio entonces su propia cara, igual de blanca y de marchita; a la vez pudo observar los dos rostros jóvenes, de labios rojos, de ojos ardientes... y la sensación de presente y simultaneidad lo embargó totalmente. En ese momento sentía con agudeza más profunda el carácter indestructible de toda vida, de la eternidad de cada instante.

Cuando se levantó. Vasudeva había preparado un poco de arroz. Pero Siddharta no comió. Prepararon un lecho en el establo, donde se hallaba la cabra, y Vasudeva se marchó a dormir. Siddharta, en cambio, salió y pasó toda la noche frente a la cabaña, sumido en el pasado, escuchando al río, con un sentimiento que abarcaba todas las etapas de su vida. De cuando en cuando se acercaba a la puerta de la cabaña para cerciorarse de que el niño dormía.

Muy de madrugada, antes de salir el sol. Vasudeva salió de la cuadra y se acercó a su amigo.

—No has dormido —le dijo.

—No, Vasudeva. He permanecido aquí y he escuchado la voz del río. Me ha hablado mucho. Me ha llenado de grandes pensamientos. Pensamientos sobre la unidad.

—Has sufrido, Siddharta, pero veo que la tristeza no ha entrado en tu corazón.

—No, amigo. ¿Cómo podría estar triste? Yo que he sido rico y feliz, ahora lo soy todavía más. Me han regalado a mi hijo.

Bien venido sea tu hijo. Pero ahora, Siddharta, empecemos a trabajar, pues hay mucho por hacer. Kamala ha muerto en el lecho en que murió mi esposa. Haremos la pira funeraria en la misma colina en la que una vez la hice para mi mujer.

Y mientras el niño seguía dormido, levantaron la pira.

X

EL HIJO

Asustado y lloriqueando el niño había presenciado el funeral de su madre. Asustado y sombrío había escuchado a Siddharta, que lo saludaba como hijo y le daba la bienvenida a la choza de Vasudeva.

Durante varios días quiso permanecer en la colina de su madre muerta; se hallaba demacrado, sin apetito. Cerraba los ojos y el corazón; se rebelaba obstinadamente contra su destino.

Siddharta lo trató con tacto y lo dejó hacer. Respetó su duelo. Comprendió Siddharta que su hijo no lo conocía, y, por lo tanto, no podía amarlo como a un padre. Paulatinamente, también se dio cuenta de que ese niño, que ya tenía once años, era una personilla mimada, pues fue criado entre algodones, educado en las costumbres de los adinerados: comidas exquisitas, cama blanda, órdenes a los criados. Siddharta comprendió que el niño mimado y triste no podía contentarse de repente con un lugar pobre y extraño.

No lo obligó a hacer nada y le guardó siempre la

mejor ración. Esperaba ganárselo poco a poco, con
amabilidad y paciencia.

Con la llegada del niño, Siddharta se creyó rico
y feliz. Sin embargo, al observar que el tiempo pasaba y el chico continuaba siendo extraño y sombrío, al ver que mostraba un corazón orgulloso y
terco, que no quería trabajar ni respetar a los viejos, pero sí robar las frutas de los árboles de Vasudeva, entonces Siddharta empezó a entender que
con su hijo no había llegado la paz y la felicidad,
sino la pena y la preocupación.

No obstante, Siddharta amaba al muchacho y pre-
fería los disgustos del amor a su anterior paz y
felicidad sin el pequeño.

A partir de la llegada del joven Siddharta, los
viejos habían tenido que repartirse el trabajo. Vasudeva cumplía el deber de barquero, otra vez solo,
y Siddharta hacía las tareas de la vivienda y del
campo, para poder estar cerca del hijo.

Durante muchos meses, Siddharta esperó inútilmente que su hijo lo comprendiera, que aceptara
su amor, que quizá le correspondiera.

Vasudeva esperó durante muchos meses; confiaba
y callaba. Un día el joven Siddharta vejó una vez
más a su padre con su testarudez y sus caprichos y
le rompió dos fuentes de arroz; aquella noche, Vasudeva llamó aparte a su amigo y habló con él.

—Perdóname —empezó—, te hablo con el corazón de un amigo. Veo que tienes preocupaciones,
problemas. Tu hijo amado te preocupa, y también

me inquieta a mí. El joven pájaro está acostumbrado a otra vida, a otro nido. No se ha escapado, como tú, de la riqueza y de la ciudad por hastío o aburrimiento, sino que lo ha abandonado en contra de su voluntad. Pregunté al río, amigo; muchas veces lo he interrogado. Pero la corriente se ríe de mí y de ti y se burla de nuestra necedad. El agua quiere estar junto al agua, la juventud con la juventud. Tu hijo no se encuentra en el lugar apropiado para poder desarrollarse bien. ¡Pregunta también al río, y sigue su consejo!

Siddharta observó el amable semblante, en cuyos innumerables surcos se albergaba una continua serenidad.

—Pero, ¿puedo yo separarme de él? —preguntó Siddharta en voz baja, avergonzado—. ¡Deja que pase un tiempo, amigo! Mira: yo lucho por ganar el corazón de mi hijo, me esfuerzo con paciencia y amor, quiero conseguirlo. También el río llegará a hablarle a él; también tiene vocación.

La risa de Vasudeva se hizo más afectuosa.

—Pues claro, también el pequeño tiene vocación y pertenece a la vida eterna. No obstante, ¿sabemos nosotros, tú y yo, cuál es su vocación, qué vida le espera, qué obras y qué sufrimientos? Sus dolores no serán pocos, ya que su corazón es orgulloso y duro, y esas personas tienen que sufrir mucho, equivocarse infinidad de veces, cometer innumerables injusticias, pecar una y otra vez. Dime, amigo,

¿no educas a tu hijo? ¿No lo obligas? ¿No le pegas? ¿No lo castigas?

—No, Vasudeva, no hago nada de eso.

—Me lo imaginaba. No lo obligas, ni le pegas,
ni lo mandas y es que sabes que lo blando es más
fuerte que lo duro, que el agua es más potente que
la roca, que el amor es más vigoroso que la violen-
cia. Conforme, y te elogio. Sin embargo, ¿no te
equivocas al no obligarlo ni castigarlo? ¿No lo atas
con tu amor? ¿No te avergüenzas día con día y
haces más difícil su vida con tu bondad y paciencia? ¿No obligas al muchacho arrogante y mimado
a vivir en una choza con dos viejos que se alimentan
de plátanos y para los que un plato de arroz es un
bocado exquisito? Nuestros pensamientos nunca po-
drán ser los suyos, igual que nuestro corazón viejo
y quieto lleva otra marcha, que no es la suya. ¿No
crees que ha tenido castigo suficiente con todo esto?

Consternado, Siddharta bajó la cabeza. Quedamente preguntó:

—¿Qué me aconsejas que debo hacer?

Vasudeva respondió:

—Llévalo a la ciudad, a casa de su madre. Allá
todavía estarán los criados; déjalo con ellos. Y si
no los hay, condúcelo a casa de un profesor, no por
lo que le pueda enseñar, sino para que se halle
junto a otros chicos y chicas de su edad, en un
mundo que es el suyo. ¿Nunca lo pensaste?

—Tú lees en mi corazón —repuso Siddharta—.
A menudo lo he pensado. Pero dime, ¿cómo puede

vivir en ese mundo, teniendo el corazón tan duro?
¿No se sentirá superior? ¿No se volverá disoluto,
no se perderá entre los placeres y el poder? ¿No
repetirá los errores de su padre? ¿No se hundirá
para siempre en el SANSARA?

La sonrisa del barquero se iluminó. Suavemente
oprimió el brazo de Siddharta y declaró:

—¡Pregunta al río, amigo! ¡Ecucha su risa!
¿Realmente crees que has cometido tú esas necedades para ahorrárselas a tu hijo? ¿Acaso puedes
protegerlo contra el SANSARA? ¿Y cómo? ¿Con
la doctrina, con oraciones, advertencias? Amigo,
¿has olvidado totalmente aquella historia, la del hijo de un brahmán, llamado Siddharta, que me con-
taste aquí mismo? ¿Quién ha protegido del SAN-
SARA al samana Siddharta? ¿Quién del pecado, de
la codicia, de la necesidad? ¿Lo pudo custodiar la
piedad de su padre, las advertencias de los profesores, sus propios conocimientos, su propia búsqueda? ¿Qué padre o qué profesor han conseguido evitar que él mismo viva la vida, se ensucie con la
existencia, se cargue de culpabilidad, beba el bre-
baje amargo, encuentre su camino? Amigo, ¿acaso
creías que ese camino se lo podías ahorrar a alguien? ¿Quizá a tu hijo, porque lo amas y desearías
ahorrarle penas, dolor y desilusiones? Aunque te
murieras diez veces por él, no conseguirías apar-
tarlo en lo más mínimo de su destino.

Jamás Vasudeva había gastado tantas palabras.
Siddharta se lo agradeció amablemente. Preocupa-

do regresó a la cabaña y durante mucho tiempo no
logró conciliar el sueño. Vasudeva no le había dicho nada que él antes no hubiera reflexionado. Pero era algo que no podía poner en práctica; el amor
hacia el muchacho era más fuerte que el conocimiento de la realidad, su cariño era más fuerte que
el temor a perderlo. ¿Se había preocupado antes
su corazón tan profundamente por algo? ¿Había jamás amado a una persona tan ciegamente?, ¿sufrido
tanto por nadie y sentido tanta felicidad?

Siddharta no era capaz de seguir el consejo de
su amigo: no podía abandonar a su hijo. Se dejó
mandar y despreciar por el muchacho. Callaba y
esperaba. Día con día continuaba la lucha silenciosa
de la amabilidad, de la paciencia. También Vasudeva se callaba y esperaba, amable, sabio, indul-
gente. Ambos eran maestros en la paciencia.

Una vez que las facciones del muchacho le recor-
daron mucho a Kamala, Siddharta recordó la frase
que ésta le dijera alguna vez: "Tú no sabes amar".
le había dicho.

Y Siddharta le había dado la razón. Entonces se
había comparado con una estrella y a los demás
humanos con las hojas secas que se desprenden de
los árboles; mas a pesar de todo, Siddharta había
notado el reproche escondido en la frase de Kamala. Realmente, nunca había podido perderse ni en-
tregarse totalmente a una persona; olvidarse de sí
mismo y cometer necedades por amor a otro; no,

jamás supo hacerlo y ésta —así se lo parecía—
había sido la gran diferencia que lo separaba del
común de los humanos.

Pero ahora, desde que tenía a su hijo, también
Siddharta se había convertido en ser humano: sufría
por una persona ajena, la amaba, y perdido por su
amor, se había convertido en un necio. También
Siddharta sentía ahora, por primera vez en su vida,
aunque tarde, aquella pasión, la más fuerte y más
extraña; sufría por ella, penaba extraordinariamen-
te, y, sin embargo, a la vez experimentaba una felicidad, una renovación, una nueva riqueza.

Se daba perfecta cuenta de que ese amor ciego
hacia su hijo era una verdadera pasión; algo muy
humano, un SANSARA, una fuente de agua turbia
y oscura. A pesar de ello, a la vez sentía que no
era vana, que era necesaria y nacía del fondo de
su ser. También se tenía que satisfacer aquel placer,
también se tenían que probar esos dolores, también
se debían cometer esas necedades.

Mientras tanto, el hijo le dejaba cometer esas necedades, y consentía que se humillara diariamente
ante sus caprichos. Nada había en el padre que pudiera admirar el muchacho, nada que le inspirara
temor. Era un buen hombre, bondadoso. amable,
quizá piadoso, o un santo..., pero estas cualidades
no podían convencer al joven.

Le aburría ese padre que le encerraba en aquella
miserable choza; se cansaba de que a cada grosería
suya le contestara con una sonrisa, a cada insulto

con un gesto de amabilidad, a cada malicia con
bondad. Eso era precisamente lo que más odiaba
del viejo. El muchacho habría pereferido que lo ame-
nazara, que lo maltratara.

Y llegó el día en que estallaron los sentimientos
del joven Siddharta, y se lanzaron abiertamente contra su padre. Le había dado éste una orden: que
recogiera leña... Pero el chico no salió de la choza; permaneció allí empecinado y furioso; pataleó,
apretó los puños, y en pleno acceso, arrojó todo su
odio y desprecio a la cara del padre.

—¡Busca tú mismo la leña! —le gritó echando
espumarajos de ira—. Yo no soy tu criado. Ya sé
que no me pegas, que no te atreves; ya sé que con
tu piedad y paciencia continuamente me quieres hacer sentir inferior. ¡Deseas que sea como tú: piadoso, amable, sabio! Sin embargo, escúchame: ¡Prefiero ser un ladrón o un asesino e irme al infierno,
antes que ser como tú! ¡Te odio! ¡No eres mi padre,
aunque hayas sido diez veces el amante de mi madre!

La ira y el disgusto se desbordaron en un caudal
de palabras funestas lanzadas contra el padre. Seguidamente, el muchacho desapareció corriendo y
no regresó hasta la última hora del crepúsculo.

Sin embargo, a la mañana siguiente, había desaparecido. Tampoco hallaron el pequeño cesto de
mimbre de dos colores en el que los barqueros guar-
daban las monedas de plata y cobre que recibían
como pago de su trabajo. También la barca había

desaparecido. Siddharta la divisó en la otra orilla del río. Su hijo se había escapado.

—Debo seguirlo —se dijo Siddharta, que todavía temblaba por los insultos del muchacho del día anterior— Un niño no puede cruzar solo el bosque. Se perderá. Tendremos que construir un bote, Vasudeva, para poder alcanzar la otra orilla.

—Haremos una balsa —contestó Vasudeva— para ir a buscar la barca que el joven se ha llevado. Pero a él deberías dejarlo ir, amigo. Ya no es un niño, sabrá arreglárselas. El muchacho busca el camino de la ciudad, y tiene razón, no lo olvides. Hace lo que tú mismo has olvidado hacer. Se preocupa por sí mismo, sigue su camino. Siddharta, veo que sufres, pero son tormentos de los que uno puede reírse, y muy pronto tú mismo te reirás.

Siddharta no contestó.

Ya tenía el hacha entre las manos y empezó a construir una balsa de bambú. Vasudeva le ayudaba a atar las cañas con cuerdas de hierbas. Entonces dejaron la orilla, la corriente los llevaba río abajo, pero lograron conducir la balsa corriente arriba, hasta alcanzar la otra ribera.

—¿Para qué te has traído el hacha? —inquirió Siddharta.

Vasudeva contestó:

—El remo de nuestra embarcación podría haberse perdido.

Sin embargo, Siddharta sabía lo que su amigo pensaba. Creía que el muchacho habría roto o arrojado el remo para vengarse, y a la vez impedir que lo siguieran. Y en efecto, en la barca no había remo.

Vasudeva señaló el suelo de la barca y fijó la mirada en su amigo con una sonrisa, como si quisiera decir: "¿No comprendes lo que tu hijo desea decirte. ¿No te das cuenta de que no quiere que lo sigas?"

Pero no lo expresó con palabras.

Tomó el hacha y empezó a cortar un nuevo remo. No obstante, Siddharta se despidió para ir a buscar al fugitivo. Vasudeva no se lo impidió.

Cuando Siddharta llevaba ya mucho tiempo en el bosque, se dio cuenta de la inutilidad de la búsqueda. Pensó que el zagal ya le llevaba mucho la delantera y que se encontraría ya en la ciudad. O bien, si todavía estaba en camino, se escondería de él. Al seguir reflexionando, comprendió que realmente no se preocupaba por su hijo; en su corazón tenía la certeza de que nada le había sucedido y que en el bosque no lo amenazaba ningún peligro. A pesar de ello, corría sin descanso, no ya para salvarlo, sino impulsado por el fuerte deseo de verle una vez más. Y así llegó hasta la ciudad.

Al llegar al camino más amplio que conducía a la ciudad, se detuvo ante la entrada del hermoso parque que antes fuera propiedad de Kamala, allí donde la vio por primera vez, sentada en su litera. El pasado desfiló ante sus ojos. Se vio nuevamente joven, un samana barbudo y desnudo, con el cabello polvoriento. Siddharta permaneció mucho tiempo ante la puerta y observó el interior del jardín.

Veía a los monjes que paseaban bajo los frondosos árboles.

Se mantuvo en el mismo sitio un buen rato; pensó, recordó la imagen, escuchó la historia de su vida. Mucho tiempo contempló a los monjes, al mismo tiempo que veía a los jóvenes Siddharta y Kamala bajo aquellos mismos árboles. Con claridad observó cómo Kamala le entregaba el primer beso; vio a Siddharta que sentía desprecio y orgullo por su antigua vida de brahmán, y buscaba afanosamente y con vanidad la vida mundana.

También pudo ver a Kamaswami, a los criados, vio las fiestas, los jugadores de dados, los músicos; sintió que el pájaro de Kamala vivía otra vez, respiró el SANSARA, volvióse a encontrar viejo y cansado, hastiado, deseoso de suicidarse. Y por segunda vez lo salvó el OM.

Después de permanecer junto a la puerta del parque, Siddharta comprendió la necesidad del deseo que lo había conducido hasta aquel lugar: no podía ayudar a su hijo, no debía imponérsele.

Dentro de su corazón sentía un profundo amor hacia el muchacho, como si se tratara de una herida; pero a la vez, esa herida no se enconaría, sino que se cerraría, cicatrizaría.

Se puso triste porque aún no había sanado. Truncado su propósito, en lugar del hijo, había encontrado un gran vacío. Permanecía sentado, invadido por la tristeza. Sintió que en su interior algo moría; un vacío, una desilusión, una falta de objetivo. Se encontraba allí deprimido y esperando. Lo había aprendido del río: aguardar, tener paciencia, escuchar.

Y se hallaba allí, contemplando el polvo del camino, atendiendo a su corazón triste y cansado: esperaba la voz. Durante muchas horas permaneció aguardando; ya no podía ver ninguna imagen, estaba hundido en el vacío, se hundía sin encontrar salida.

Y cuando el dolor de la herida se hacía más intenso, pronunciaba silenciosamente la palabra OM, se llenaba del OM. Los monjes del jardín lo vieron; al notar que se quedaba allí durante horas y horas y que en su caballo se depositaba el polvo, uno de ellos se le acercó y colocó a su lado dos frutos del bananero. El anciano no los vio.

Una mano tocó suavemente su hombro y lo despertó del trance. Inmediatamente reconoció aquel contacto cariñoso y tímido. Avergonzado volvió en sí. Se levantó y saludó a Vasudeva, que lo había seguido a distancia. Al ver la cara cordial de Vasudeva, con sus ojos serenos, arrugados por la sonrisa, también sonrió Siddharta.

Ahora advirtió los frutos del bananero; los levantó, dio uno al barquero y se comió el otro. En silencio regresó con Vasudeva al bosque, a la barca. Ninguno de los dos habló sobre lo sucedido. Nunca más nombraron al muchacho; jamás se mencionó la fuga, en ningún momento se renovó la herida.

Al llegar a la cabaña, Siddharta se tendió sobre

el lecho. Poco después, Vasudeva se le acercó para ofrecerle una copa de leche de coco, pero Siddharta ya dormía.

XI

OM

La Herida le dolió por mucho tiempo. Siddharta tuvo que pasar por el río a muchos viajeros que iban acompañados de un hijo o una hija. Le era imposible fijarse en ellos sin sentir envidia y sin pensar: "Tantas personas, tantos miles de personas poseen la más dulce felicidad. ¿Y por qué yo no? Incluso son personas malas, bandidos y ladrones, y tienen hijos y los aman, y son amados por ellos. Unicamente yo no lo tengo."

Sus pensamientos eran tan simples, que Siddharta se parecía a esos seres humanos que nunca pierden el fondo infantil. Ahora también observaba a las personas bajo una luz diferente; quizá menos inteligente y menos orgulloso, pero más cálido, más cariñoso, con más interés. Cuando cruzaban viajeros corrientes, gentes infantiles, comerciantes, guerreros, mujeres... ya no le eran tan extraños como antes. Aun sin compartir sus ideas y opiniones, los comprendía y se interesaba por su vida, que no se guiaba por raciocinios y conocimientos, sino únicamente por instintos y deseos. Ahora sentía igual que ellos.

Aunque Siddharta se encontraba cerca de la perfección, aún llevaba consigo la última herida y el dolor lo había hermanado a los humanos. Sus vanidades, deseos y absurdos, perdían ante él lo ridículo, se volvían comprensibles, simpáticos e incluso venerables. El amor ciego de una madre hacia su hijo, el orgullo estúpido de un padre presumido por su único vástago, el afán ofuscado de una mujer joven y frívola por las joyas, por la mirada de admiración de los hombres..., todos esos instintos y pasiones simples y necias, pero de enorme fuerza, se imponían ahora ante Siddharta con un poder avasallador; ya no eran chiquilladas. Se daba cuenta de que por todo ello la gente vivía, deseaba lograr una infinidad de metas, efectuaba viajes, combatía en guerras, sufría infinitamente, soportaba hasta lo indecible. Por ello, Siddharta los amaba; veía en ellos la vida, la existencia, lo indestructible; el Brahma se hallaba en cada una de sus pasiones, de sus obras. Esos seres le eran simpáticos y admirables por su ciega fidelidad, por su ofuscada fuerza y resistencia.

No les faltaba nada. El sabio y el filósofo sólo les aventajaba en un pequeñísimo detalle: la conciencia, la idea consciente de la unidad de toda la vida.

Y Siddharta llegaba a veces a dudar de si esa idea o conocimiento tenía valor, o si quizá se trataba también de otra necedad de los humanos pensadores.

En todo lo demás, los seres comunes eran iguales a los sabios, incluso los superaban con frecuencia; como también los animales, al obrar con fortaleza y tenacidad son en ocasiones superiores a los humanos.

Poco a poco maduraba en Siddharta la plena conciencia de saber lo que realmente era sabiduría, la meta de su larga búsqueda. Sin embargo, no se trataba más que de una disposición del alma, de una capacidad, de un arte secreto de poder pensar en la teoría de la unidad en cualquier momento, en medio de la vida, de poder sentir y respirar esa unidad.

Paulatinamente se maduraba este pensamiento en su interior y se reflejaba en el arrugado rostro infantil de Vasudeva: armonía, conocimiento de la eterna perfección del mundo, sonrisa, unidad.

Y no obstante, la herida le dolía aún; mientras remaba, Siddharta pensaba en su hijo con ansiedad y amargura, mantenía su amor y afecto dentro de su corazón, permitía que el dolor lo consumiera, cometía todas las necedades del amor. La llama no podía extinguirse por sí sola.

Un día, cuando la herida lo desgarraba, Siddharta cruzó hacia la otra orilla del río. Ansiosamente se bajó de la barca dispuesto a dirigirse a la ciudad en busca de su hijo. El río se deslizaba suavemente, en silencio, ya que era el tiempo de sequía. Sin embargo, su voz sonaba de manera extraña: ¡Reía!

Sencillamente, el río se reía. Evidentemente se reía del viejo barquero. Siddharta se detuvo, se in-

clinó hacia el agua para poderla escuchar mejor, y
vio reflejado su rostro; aquella cara le recordaba
cosas pasadas, y se dio cuenta de lo siguiente: aquel
rostro se parecía mucho a otro que él había conocido,
amado e incluso temido. Se parecía al de su padre,
el brahmán. Y recordó cómo hacía mucho tiempo,
de joven, había obligado a su padre a que lo dejara
marcharse con los ascetas; luego su despedida, su
marcha y su aplazado regreso. ¡No había sufrido
su padre la misma pena que hoy sufría Siddharta
por su hijo? ¿No había muerto su padre hacía tiempo, solo, sin haber visto a su hijo una vez más? ¿Por
qué quería Siddharta mejor suerte? ¿No se trataba
de una farsa, de una circunstancia rara y estúpida,
esa repetición, ese recorrer el mismo círculo fatal?

El río se reía. Sí, así era; todo lo que no se sufría hasta el final y se concluía, volvía a recurrir y
se volvían a sufrir las mismas penas. Y Siddharta
regresó remando a la choza y siguió pensando en su
padre, en su hijo, en el río que se burlaba, en su
conflicto interior que rayaba en la desesperación a
pesar de que sentía también impulsos de echarse a
reír, con el propio río, de sí mismo y de todo el
mundo.

Sí, la herida aún sangraba; el corazón aún se
rebelaba contra el destino. Todavía no brillaba la
serenidad y la victoria del sufrimiento. Pero Siddharta tenía esperanza, y al regresar a la choza un
deseo irresistible lo obligó a abrir su alma ante Vasudeva, a mostrarle todo, a contarle todo al hombre
que poseía el arte de escuchar.

Vasudeva se encontraba en la cabaña tejiendo un cesto. Ya no conducía la barca, pues sus ojos empezaban a ponerse débiles, como también los brazos y las manos. Lo único que no cambiaba era su radiante alegría y la serena benevolencia del rostro.

Siddharta se sentó junto al anciano y empezó a hablar lentamente. Ahora contaba lo que nunca había dicho: sobre su camino hacia la ciudad, de la herida dolorosa, de su envidia al ver a otros padres felices, de su conocimiento de la necedad de tales deseos, de su inútil lucha contra todo aquello. Lo contó todo: podía decirle todo, incluso lo más delicado; a Vasudeva se le podía explicar todo, mostrárselo, narrárselo. Le mostró su herida, le contó su última fuga: cómo hoy se había dirigido al otro lado del río, como un niño fugitivo, dispuesto a ir a la ciudad. Y de cómo el río se había burlado de él.

Habló durante largo rato. Mientras se desahogaba Vasudeva escuchaba con expresión serena. Siddharta sentía más que nunca la concentrada atención de Vasudeva. Notó que sus dolores y temores se le transmitían, y cómo Vasudeva se los devolvía. Mostrar la herida a ese oyente era como bañarla en el río hasta que se refrescara, disolviéndose en las aguas. Y Siddharta continuó hablando, reconociendo, confesando: Conforme hablaba, Siddharta percibió que su inmóvil oyente se impregnaba de su confesión como el árbol se empapa con la lluvia, que ese ser inmóvil era el propio río, el dios mismo, la eternidad en persona.

Y a la vez que Siddharta dejaba de pensar en sí
mismo y en su herida, empezaba a comprender el
cambio de Vasudeva; cuanto más lo sentía y reconocía, menos sorprendente le parecía. Percatábase entonces de que todo estaba dentro del orden natural,
que Vasudeva había sido así desde siempre, únicamente que Siddharta no se había dado cuenta y que
el mismo Siddharta se diferenciaba en poco de Vasudeva. Sentía que su relación hacia él era la misma que los pueblos observan hacia los dioses, y que
esa situación no podía durar; su corazón comenzó a
despedirse de Vasudeva, mientras su boca continuaba hablando sin detenerse.

Cuando terminó, Vasudeva dirigió a él su débil
mirada. Sin pronunciar palabra, su rostro silencio-
so expresaba amor y serenidad, comprensión y sabiduría. Tomó la mano de Siddharta, lo condujo al
banco junto a la orilla del río, y se sentó con él. Vasudeva sonrió a la corriente.

—Lo has oído reír —comentó—. Pero no lo has
oído todo. Escuchemos y verás como dice más cosas.

Escucharon atentamente. El canto polífono del
agua se oía suavemente. Siddharta tenía la mirada
fija en el río, y en la corriente se le aparecieron
imágenes: su padre solitario, llorando por el hijo;
Siddharta mismo, también solitario y atado a su
hijo con los lejanos brazos del anhelo; el hijo de
Siddharta, a la vez solitario y anhelante, corriendo
por la ardiente senda de los deseos juveniles. Cada

uno se hallaba dirigido hacia su meta, obsesionado con su fin, sufriendo por su objetivo. El río lo narraba todo con voz doliente, con cantos ansiosos, tonalidades tristes, mientras fluía hacia su fin.

—¿Lo oyes? —preguntó la mirada silenciosa de Vasudeva.

Siddharta asintió.

—¡Escucha mejor! —susurró Vasudeva.

Siddharta se esforzó por atender mejor. La imagen de su padre, la suya y la de su hijo se juntaban; también se le apareció la figura de Kamala, que después se deslizó con la corriente. Igualmente vio la imagen de Govinda y de otros, y todos se entremezclaban y terminaban por desaparecer en el agua; todas corrían como el río, hacia su meta, ansiosos, sufriendo. Y la voz del río resonaba llena de ansiedad, de dolor, de un deseo insaciable.

El río corría hacia su meta. Siddharta observaba ese río formado por él, por los suyos, por todas las personas que había visto. Todas las corrientes de agua se deslizaban con prisa, sufriendo, hacia sus fines, y en cada meta se encontraban con otra, y llegaban a todos los objetivos, y siempre seguía otro más; y el agua se convertía en vapor, subía al cielo, se transformaba en lluvia, se precipitaba desde el cielo, se convertía en fuente, en torrente, en río, y de nuevo se deslizaba corriendo hacia su próximo fin.

Pero aquella voz ansiosa había cambiado. Aún sonaba con resabios de sufrimiento y ansiedad, pero a ella se le unían otras voces de alegría y sufrimiento, voces buenas y malas, que reían y lloraban. Cien voces, mil voces.

Siddharta escuchaba. Ahora permanecía atento, totalmente entregado a esa sensación; completamente vacío, sólo dedicado a asimilar, se daba cuenta de que acababa de aprender a escuchar. Ya en muchas ocasiones, había oído las voces del río, pero hoy sonaban diferentes. Ya no podía diferenciar las alegres de las tristes, las del niño y las del hombre: todas eran una, el lamento del que anhela y la risa del sabio, el grito de ira y el suspiro del moribundo. Todas estaban entretejidas, enlazadas y ligadas de mil maneras.

Y todo aquello unido era el mundo, todas las voces, los fines, los anhelos, los sufrimientos, los placeres; el río era la música de la vida. Y cuando Siddharta escuchaba con atención al río, podía oír esa canción de mil voces; y si no se concentraba en el dolor o en la risa, si no ataba su alma a una de aquellas voces adentrándola en su *Yo*, entonces percibía únicamente el total, la unidad. En aquel momento la canción de mil voces consistía en una sola palabra: el OM, la perfección.

"¿Lo oyes?", le preguntó nuevamente la mirada de Vasudeva.

Su sonrisa era radiante, todas las arrugas de su vetusto rostro brillaban, como cuando el OM flota sobre todas las voces del río. Su sonrisa era diáfana cuando se dirigía al amigo: y ahora también el rostro de Siddharta brillaba con la mima clase de sonrisa. Su herida se restañaba, su sufrimiento se disipaba, su *Yo* se fundía con la unidad.

En aquel momento, Siddharta dejó de luchar contra el destino. En su cara se dibujaba la serenidad que da la sabiduría del que ya no siente deseos en conflicto, del que ha encontrado la salvación, del que está de acuerdo con el río de los sucesos, con la corriente de la vida, lleno de comprensión y compasión, entregado a la corriente, perteneciente a la unidad.

Cuando Vasudeva se levantó de su asiento junto a la orilla, miró a los ojos de Siddharta y observó en ellos el brillo y la serenidad de la sabiduría; suavemente le tocó el hombro con la mano, con cariño y cuidado, y declaró:

—He estado esperando este momento, amigo Ahora que ha llegado por fin, dejad que me marche. Durante mucho tiempo he aguardado; ya he sido bastante tiempo el barquero Vasudeva. ¡Adiós, río! ¡Adiós, choza! ¡Adiós Siddharta!

Siddharta se inclinó profundamente ante Vasudeva.

—Lo sabía —manifestó en voz baja—. ¿Te irás a los bosques?

—Me voy a los bosques, hacia la unidad —contestó Vasudeva, y su rostro resplandecía. Y así fue como se alejó. Siddharta lo siguió con la mirada rebosante de profunda alegría, de honda serenidad; contempló su caminar lleno de paz, vio el resplandor alrededor de su cabeza, y su cuerpo refulgente.

XII

GOVINDA

En cierta ocasión, Govinda se encontraba junto con otros monjes descansando en el jardín que la cortesana Kamala había regalado a los discípulos de Gotama. Había oído hablar de un viejo barquero que vivía junto al río a una jornada de distancia y que era considerado como un sabio. Cuando llegó el día en que tuvo que continuar su camino, Govinda eligió el camino en dirección a la barca, ya que deseaba conocer a aquel barquero, pues a pesar de que él había vivido toda su existencia según las reglas, y aunque los monjes jóvenes lo respetaban por su edad y modestia, dentro de su corazón no se había apagado la llama de la inquietud y la búsqueda.

Llegó al río, rogó al viejo que lo llevara al otro lado, y cuando bajaron de la barca, declaró:

—Mucho bien nos has hecho a nosotros, los monjes y peregrinos, ya que a la mayoría nos cruzaste por este río. ¿No eres tú también, barquero, uno de los que buscan el camino de la verdad?

Los viejos ojos de Siddharta sonrieron al contestar:

—¿Te cuentas también tú entre los que buscan, venerable, a pesar de tus muchos años y de llevar el hábito de los monjes de Gotama?

—Aun siendo viejo, repuso Govinda, no ceso de buscar. Jamás dejaré de hacerlo: ese parece ser mi destino. Y creo que tú también has buscado. ¿Quieres darme un consejo, venerable?

Siddharta declaró:

—¿Qué podría decirte, venerable? Quizá que has buscado con demasiado ahínco. Que a fuerza de buscar, no has podido encontrar.

—¿Cómo es eso? —preguntó Govinda.

—Cuando alguien busca —continuó Siddharta—, fácilmente puede ocurrir que su ojo sólo se fije en lo que busca; pero como no lo halla, tampoco deja entrar en su ser otra cosa; no puede absorber ninguna otra cosa, pues se concentra en lo que busca. Tiene un fin y está obsesionado con él. Buscar significa tener un objetivo. Encontrar, sin embargo, significa estar libre, abierto, no tener ningún fin. Tú, venerable, quizá eres realmente uno que busca, pues persiguiendo tu objetivo, no ves muchas cosas que están a la vista.

—Todavía no te comprendo muy bien —objetó Govinda—. ¿Qué quieres decir?

Y Siddharta contestó:

—Hace tiempo, venerable, hace muchos años, que ya estuviste aquí una vez, junto a este río, y en su ribera hallaste a una persona durmiendo; entonces te sentaste a su lado para velar su sueño. Pero no reconociste a la persona que dormía, Govinda.

Asombrado y como hechizado, el monje miró a los ojos del barquero.

—¿Eres tú, Siddharta? —preguntó con voz temblorosa—. Tampoco esta vez te habría reconocido! ¡Te saludo de corazón, Siddharta, y me alegra profundamente volverte a ver! Has cambiado mucho, amigo... ¿Así que te has convertido en barquero?

Siddharta sonrió amablemente.

—Pues sí, en barquero. Hay quien debe llevar muchos hábitos, y yo soy uno de ellos, amigo. Bienvenido seas, Govinda, y quédate esta noche en mi choza.

Govinda pasó aquella noche en la cabaña, y durmió en el lecho que antes fuera de Vasudeva. Interrogó mucho a su amigo de juventud, y Siddharta se vio obligado a contarle su vida.

La mañana siguiente, cuando llegó la hora de partir, preguntó vacilante Govinda:

—Antes de continuar mi camino, Siddharta, permíteme hacerte una pregunta. ¿Tienes una doctrina? ¿Tienes alguna fe o creencia que sigues, que te ayuda a vivir y obrar bien?

Siddharta declaró:

—Bien sabes, amigo, que ya de joven, cuando vivía con los ascetas en el bosque, desconfiaba de las doctrinas y los profesores y les di la espalda. No he cambiado de opinión. Sin embargo, he tenido muchos maestros desde entonces. Incluso una bella

cortesana fue mi instructora por largo tiempo, así
como un rico comerciante y unos jugadores de dados. También lo ha sido en una ocasión un discípulo de Buda; estaba sentado a mi lado, en el bosque, cuando yo me había adormecido en mi peregrinar. También de él aprendí, y le estoy agradecido
de corazón. Sin embargo, de quien más aprendí
fue de este río y de mi antecesor, el barquero Vasudeva. Era una persona muy sencilla; no se trataba
de ningún filósofo, y a pesar de ello, sabía tanto
como Gotama: era un perfecto, un santo.

Govinda exclamó:

—¡Tal parece, Siddharta, que aún te gusta bro-
mear! Te creo y sé que no has seguido a ningún profesor. ¿Pero tú, con tus conocimientos y razona-
mientos, no has encontrado esta doctrina que te ayuda a vivir? Si quisieras explicarme alguna de esas
teorías, alegrarías mi corazón.

Siddharta repuso:

—Sí, he tenido ciertos conocimientos y pensamientos en los que me he concentrado de vez en
cuando. A veces durante una hora, o durante todo
un día. He tenido conciencia de estos conocimientos, en la misma forma en que a veces percibimos
los latidos del corazón. He pensado mucho, pero
me sería difícil comunicarte algunos de esos pensamientos. Sin embargo, lo que más se me ha graba-
do, Govinda, es el siguiente razonamiento: La sabiduría no es comunicable. La sabiduría que un sa-

bio intenta comunicar suena siempre a simpleza. Esto es lo que he descubierto.

—¿Bromeas? —inquirió Govinda.

—No. Digo lo que he encontrado. El saber es comunicable, pero la sabiduría no. Puede hallársele, puede vivirse, nos sostiene, hace milagros; pero nunca se puede explicar ni enseñar. Esto es lo que ya de joven sospechaba, lo que me apartó de los profesores. He encontrado otra idea que tú, Govinda, seguramente tomarás por broma o chifladura, pero en realidad se trata de mi mejor pensamiento. Es éste: ¡Lo contrario de cada verdad es igualmente cierto! O sea: una verdad sólo se puede pronunciar y expresar con palabras si es unilateral. Y unilateral es todo lo que se puede expresar con pensamientos y declarar con palabras. Unilateral es todo lo mediocre, todo lo que carece de integridad, de redondez, de unidad. Cuando el venerable Gotama enseñaba al mundo por medio de palabras, lo tenía que dividir en SANSARA y NIRVANA, en ilusión y verdad, en sufrimiento y redención. No hay otra alternativa para quien desea enseñar. No obstante, el mundo mismo, lo que existe a nuestro alrededor y en nuestro propio interior, nunca es unilateral. Jamás un hombre o un hecho es del todo SANSARA o del todo NIRVANA, nunca un ser es completamente santo o pecador. Creemos que así 'es porque tenemos la ilusión de que el tiempo es algo real. Y el tiempo no es real, Govinda. Lo he experimentado muchísimas veces. Y si el tiempo no es real, también el lapso que parece existir entre el mundo y la eternidad, entre el sufrimiento y la bienaventuranza, entre lo malo y lo bueno, es una ilusión.

—¿Que quieres decir? —preguntó Govinda perplejo.

—¡Escucha bien, amigo, escucha bien! El pecador, que lo somos tú y yo, es pecador, pero algún día volverá a ser Brahma, alcanzará el nirvana, será Buda... pero fíjate bien: ese "algún día" es una ilusión. ¡Es sólo metáfora! El pecador no está en camino hacia el Buda, no está evolucionando, aunque no nos lo podamos imaginar de otra forma. No; en el pecador, ahora y hoy, ya está presente el Buda, su futuro ya vive en él. El Buda en potencia que se alberga en el interior de cada persona, en ti, en mí, debe ser reconocido y respetado. El mundo, amigo Govinda, no es imperfecto, ni se encuentra evolucionando lentamente hacia la perfección. No, él es perfecto en cualquier momento. Todo pecado ya lleva en sí el perdón; todos los lactantes, la muerte; todos los moribundos, la vida eterna. Ningún ser humano es capaz de ver en qué punto del camino se hayan los otros: en el ladrón y en el jugador está el Buda; en el brahmán, existe el ladrón. Al meditar profundamente, existe la posibilidad de anular el tiempo, de ver toda la vida pasada, presente y futura a la vez, y entonces todo es bueno, perfecto: es brahma. Por ello me parece que todo lo que existe es bueno: tanto la muerte como la vida, el pecado o la santidad, la inteligencia o la necedad: todo necesita únicamente mi afirmación, mi conformidad, mi comprensión amorosa: entonces es bueno para mí y nada podrá perjudicarme. He experimentado en mi propio cuerpo, en mi misma alma, que necesitaba el pecado, la voluptuosidad, el afán de propiedad, la vanidad, y que precisaba de la más vergonzosa desesperación para aprender a vencer mi resistencia, para instruirme a amar al mundo, para no comprarlo con algún mundo deseado o imaginado, regido por una perfección inventada por mí, sino dejarlo tal como es, amarlo y sentirme feliz de pertenecer a él. Estos son, Govinda algunos de los pensamientos que he tenido.

Siddharta se inclinó, levantó una piedra del suelo, y la sostuvo en las manos.

—Esto —declaró mientras la manipulaba— es una piedra y dentro de poco tal vez se convierta en polvo, en tierra, de allí pasará a ser planta o animal o quizá un ser humano. En otro tiempo hubiera dicho: "Esta piedra sólo es piedra, sin ningún valor, pertenece al mundo de Maya; pero como en el círculo de las transformaciones también puede llegar a ser un ente humano y un espíritu, y por ello es valiosa." Así habría pensado en otro tiempo. Pero ahora pienso: "Esta piedra es una piedra, al mismo tiempo es animal; también un dios, también un Buda; no la venero ni la amo por lo que algún día podría llegar a ser, sino porque ya es y siempre ha sido todas estas cosas, desde siempre. Y precisamente esto que ahora se me presenta como una piedra, que ahora veo en forma de piedra, merece mi

amor por ser lo que es. Le doy valor y sentido a
cada una de sus líneas y huecos, a sus colores, a
su dureza, al sonido que produce cuando la golpeo,
a la sequedad o humedad de su superficie.
Hay piedras que al tocarlas parecen aceite o ja-
bón, ý otras semejan hojas o arena, y cada una es
diferente y venera al OM a su manera; cada una es
Brahma, pero a la vez es una piedra, cualesquiera
que sea su textura, y esto es precisamente lo que me
complace y me maravilla y es digno de admiración.
Pero no hablaré más sobre esto. Las palabras no
expresan bien los pensamientos: en cuanto se pro-
nuncia algo, ya cambia un poquito, se distorsiona,
pierde sentido. Y también esto es bueno y me parece justo, que la sabiduría y tesoro de una persona
parezca necedad y locura a otra".

Govinda escuchaba en silencio.

—¿Por qué me has dicho lo de la piedra? —preguntó vacilante tras una pausa.

—Lo dije sin intención. Pero quizá por que es
un buen ejemplo de lo que quiero expresar, que
amo precisamente a la piedra y al río como a todas
las cosas que podemos contemplar y de las que podemos aprender. Govinda, puedo amar a una piedra, a un árbol o a su corteza. Son objetos que
pueden amarse. Pero no se puede amar a las palabras. Por ello las doctrinas no me sirven, no tienen
dureza ni blandura, no tienen colorido ni cánticos,
ni olor, ni sabor; palabras son y nada más. Acaso
sea eso lo que te impide encontrar la paz, quizá

sea tantas palabras. También redención y virtud,
lo mismo que SANSARA y NIRVANA son sólo palabras, Govinda. El nirvana no es algo tangible, sólo la palabra NIRVANA existe.

Govinda exclamó:

—Amigo, NIRVANA no es tan sólo un término.
Nirvana es un pensamiento.

Siddharta continuó:

Un pensamiento, quizá. Amigo, he de confesarte
que no encuentro gran diferencia entre los pensamientos y las palabras. Francamente, tampoco a los
pensamientos les concedo gran importancia. Me gustan más los objetos. Aquí, en esta barca, por ejemplo, mi antecesor fue un hombre, un santo que durante muchos años creyó simplemente en el río,
en nada más. Notó él que la voz del río le hablaba;
de ella aprendió. Ella lo educó y lo enseñó. El río
le parecía un dios. Durante muchos años ignoró que
todo viento, nube, pájaro o escarabajo es igualmente
divino y sabe y puede enseñar tanto como el río. A
pesar de esto, cuando ese santo se marchó hacia los
bosques, lo sabía todo, más que tú y yo, sin maestros, sin libros, sólo por medio de su fe en el río.

Govinda replicó:

—Pero lo que tú llamas "objeto", ¿es realmente
algo que tiene sustancia?, ¿no se trata sólo de un
engaño de MAYA: únicamente imagen y aparien-
cia? ¿Son en verdad reales tu piedra, tu árbol, tu
río?

—Tampoco eso me inquieta —repuso Siddharta—. ¡Qué importa que sean engaños o no! Si lo
son, entonces yo también lo soy, son de mi misma
naturaleza. Este es el motivo que me impulsa a amar-
las y venerarlas: son mis semejantes, por ello las puedo amar. Y ahora escucha una teoría que te hará reír:
el amor, Govinda, me parece que es lo más importante
que existe. Penetrar en el mundo, explicarlo y despreciarlo, es cuestión de interés para los grandes
filósofos. Pero a mí, únicamente me interesa el
poder amar a ese mundo, no despreciarlo; no odiar-
lo ni aborrecerme a mí mismo: a mí sólo me atrae la
contemplación del mundo y de mí mismo, y de todos los seres, con amor, admiración y respeto.

—Eso sí que lo comprendo —interrumpió Govinda—. Pero precisamente eso fue lo que el venerable
llamó ilusión. Gotama predicó la benevolencia, el
respeto, la compasión, la tolerancia, pero no el amor.
Nos prohibió atar nuestro corazón con el amor hacia
lo terrenal.

—Lo sé —repuso Siddharta con su sonrisa radiante—. Lo sé, Govinda. Y mira, aquí nos encontramos en medio de la espesura de las opiniones, in-
teriorizados en el conflicto de las palabras, ya que
no puedo negar que mis palabras sobre el amor están en aparente contradicción con las enseñanzas de
Gotama. De allí nace mi desconfianza hacia las palabras, pues tengo la certeza de que esta contradicción es ilusoria. Sé que estoy de acuerdo con Gotama. ¡Es imposible que el venerable no conozca

el amor! ¡El, que ha llegado a conocer todo lo humano en su carácter transitorio y vano y que, a pesar de ello, amó tanto a los seres humanos! ¡El, que empleó toda su larga y penosa existencia únicamente para ayudarlos, para enseñarlos! En Gotama, tu maestro, también prefiero los hechos a las palabras. Sus actos y su vida me parecen más importantes que sus oraciones, el gesto de su mano es más esencial que sus opiniones. Lo considero un gran hombre, no en cuanto a sus enseñanzas y pensamientos, sino en cuanto a sus obras y su existencia.

Largo tiempo permanecieron en silencio los dos ancianos. Cuando Govinda se preparaba para partir, dijo:

—Te agradezco, Siddharta, que me hayas comunicado algunos de tus pensamientos. Me parecen un poco extraños y no puedo comprenderlos inmediatamente. Pero sea como sea, te estoy agradecido y deseo que pases tus días en paz.

Para sus adentros, Govinda pensó: "Siddharta es una persona extraña y su doctrina me suena a locura. ¡Cuán diferentes se escuchan las doctrinas del Ilustre Gotama! Son claras, comprensibles; no contienen nada de locuras, rarezas o ridiculeces. Sin embargo, los pies y manos de Siddharta, sus ojos, su semblante, su porte, su sonrisa, su saludo, me dicen algo que sus teorías no expresan. Jamás nadie, después de que nuestro majestuoso Buda entrara en el NIRVANA, me obligó a exclamar: ¡he aquí a un santo! Sólo ante Gotama y ahora ante Siddharta. Aunque su doctrina me parezca extraña y sus palabras suenen a locura, la mirada, la mano, la piel, el cabello, todo él respira una pureza, una tranquilidad, una serenidad y clemencia y santidad que no he visto en hombre alguno, después de la muerte de nuestro amado profesor."

Govinda tenía estos pensamientos y sentía estos conflictos en su interior mientras se inclinaba ante Siddharta con profundo afecto. Con amor reverenció a aquel hombre que se hallaba sentado, lleno de serenidad.

—Siddharta —empezó—, somos ya hombres viejos. Difícilmente nos volveremos a encontrar en esta vida. Veo, amigo, que has hallado la paz. Te confieso que yo no la he alcanzado. ¡Dime, querido amigo, una palabra más! ¡Dame algo para el camino, algo que pueda entender y comprender! Frecuentemente mi marcha es difícil y oscura, Siddharta.

Siddharta no respondió, lo miró con su sonrisa tranquila, serena. Govinda clavó en su rostro su mirada temerosa y anhelante. Su rostro expresaba angustia y una eterna búsqueda y un repetido fracaso.

Siddharta lo observó y sonrió.

—¡Acércate a mí! —susurró al oído de Govinda—. ¡Acércate a mí! ¡Así, más cerca! ¡Muy cerca! Y ahora, ¡besa mi frente, Govinda!

Aunque sorprendido, Govinda se vio impelido por su gran amor hacia Siddharta y, por un presentimiento, a obedecerle; se le acercó mucho y rozó su frente con los labios. Todo ocurrió mientras sus pensamientos se ocupaban todavía de las extrañas palabras de Siddharta, mientras se esforzaba aún por desvanecer el concepto del tiempo, mientras trataba de concebir el NIRVANA y el SANSARA como una sola cosa, mientras sentía desprecio por las palabras de su amigo y luchaba en su interior con el enorme amor y respeto que sentía hacia él. Así fue.

Ya no contemplaba el rostro de su amigo Siddharta, sino que veía otras caras, muchas, una larga hilera, un río de rostros, de centenares, de miles de facciones; todas venían y pasaban y, al mismo tiempo, parecían estar todas allí simultáneamente, cambiándose y renovándose, sin dejar de ser Siddharta. Observó la cara de un pez, de una carpa, con la boca dolorosamente abierta, un pez moribundo, con mirada opaca..., vio la cara de un recién nacido, roja y llena de arrugas, a punto de lanzar el primer chillido..., divisó el rostro de un asesino, le vio hundir un cuchillo en el cuerpo de una persona..., simultáneamente lo vio arrodillado y maniatado, decapitado por el golpe de espada del verdugo..., distinguió los cuerpos de hombres y mujeres desnudos, en posturas y transportes de pasión..., entrevió cadáveres rígidos, fríos, vacíos..., reparó en cabezas de animales, de jabalíes, de cocodrilos, de elefantes, de toros, de pájaros..., observó a KRISHNA y a AGNI..., captó todas estas figuras y rostros en mil relaciones entre ellos, cada una en ayuda de la otra, amando, odiando, destruyendo y creando de nuevo. Cada una era mortal, un candente y doloroso ejemplo de todo lo que es pasajero y transitorio. Pero ninguna moría, sólo cambiaban, siempre volvían a nacer con otro rostro nuevo, sólo el tiempo se interponía entre cara y cara... Y todas estas figuras descansaban, corrían, se creaban, flotaban, se reunían, y sobre todas ellas se mantenía continuamente algo débil, sin sustancia, pero a la vez existente, como un cristal fino o como hielo, como una piel transparente, una cáscara, un recipiente, un molde, una máscara o forma de agua —y esa máscara era el rostro sonriente de Siddharta, el que Govinda rozaba con sus labios en aquel momento.

Así vio Govinda esa sonrisa de la máscara, la sonrisa de la unidad por encima de las figuras, la sonrisa de la simultaneidad sobre las mil muertes y nacimientos —esa sonrisa de Siddharta—, en todo igual a la del Buda, serena, fina, impenetrable, quizá bondadosa, acaso irónica, siempre inteligente y múltiple, la sonrisa de Gotama que había contemplado cien veces con profundo respeto. Govinda lo sabía: así era como sonreía El Perfecto.

Sin saber ya si existía el tiempo, si había transcurrido un segundo o cien años, desconociendo si Gotama y Siddharta eran realidad, si vivía el *Yo* y el *Tú*, herido en su interior por una flecha divina cuya herida es dulce, encantado y exaltado, Govinda permaneció todavía un tiempo inclinado sobre el tranquilo rostro de Siddharta, el que besara hacía un momento, el que fuera escenario de todas las transformaciones, de todos los orígenes, de todo lo existente.

El rostro de Siddharta no había cambiado después de que hubo desaparecido de su superficie el espejo de las mil formas; sonreía serena, suavemente, quizá muy bondadoso, acaso irónico, exactamente como había sonreído el Ilustre.

Govinda se inclinó profundamente: las lágrimas rodaron por sus mejillas arrugadas, sin que él las pudiera controlar. Se sintió sobrecogido de un inmenso amor, de la más humilde veneración. Se inclinó ante Siddharta, casi hasta el suelo: ante aquel hombre quietamente sentado, cuya sonrisa le recordaba todo lo que había amado, todo lo que alguna vez fue valioso y sagrado en su vida.

INDICE

Lorenzana Tellez Impresores
Calle Narvarte # 99
Col. Metropolitana 3ra. Sección